LA CAÍDA DE LA CASA USHER Y OTROS CUENTOS

Colección Clásicos Universales

LOSADA

Edgar Allan Poe

La caída de la casa Usher y otros cuentos

Prólogo de
Joan Solé

LOSADA OCEANO

Colección Clásicos Universales
Dirección y selección de esta colección: Àlex Broch
Diseño cubiertas: Ferran Cartes / Montse Plass

LA CAÍDA DE LA CASA USHER
Y OTROS CUENTOS
Edgar Allan Poe

Traducción: Elizabeth Azcona Cranwell y Valeria Watson

Moreno 3362, Buenos Aires (1209), Argentina

Milanesat, 21-23
EDIFICIO OCEANO
08017 Barcelona (España)
Teléfono: 93 280 20 20*
Fax: 93 280 56 00
http://www.oceano.com
e-mail: librerias@oceano.com

Primera edición: octubre, 1999
ISBN: 84-494-1467-9
Impreso en España - Printed in Spain
Depósito legal: B-30719-XLII
11203949

PRÓLOGO

Con Edgar Allan Poe (1809-1849) se inicia lo que las historias de la literatura han dado en llamar edad dorada de la literatura norteamericana, el período –que se extiende aproximadamente entre 1830 y 1890– en que florecieron los escritores que hoy consideramos los clásicos de los Estados Unidos: el propio Poe, Emerson, Hawthorne, Melville, Whitman, Mark Twain. Entre ellos, Poe es sin duda el más universal, o el menos marcadamente americano; lo podemos leer sin remitirlo a cada paso a la cultura en que surgió. Tal vez ello se deba, al margen de las características intrínsecas de su propia obra, al proceso por el que alcanzó la gloria; poco apreciado en su país y en su tiempo, en los que llevó una vida desdichada, a Edgar Poe los devotos le llegaron de Francia: Charles Baudelaire lo tradujo y, según confiesa, le rezaba cada noche; Mallarmé le dedicó un soneto célebre que ensalza sus dotes visionarias, los simbolistas se declararon admiradores de sus infiernos físicos y morales. Poe es hoy el creador de mitos que con su imaginación torturada y minuciosa supo alcanzar los rincones más inquietantes del alma –en sus relatos góticos– y analizar con precisión exacta los intrincados mecanismos del pensamiento deductivo –en sus relatos de «racionalización»–, como él los concebía, que más tarde se han llamado relatos policíacos. En el ensayo de crítica literaria *La filosofía de la composición*, que analiza su famoso poema «El cuervo», concreta el poeta esta aparente contradicción entre las dos vertientes de su obra, lo morboso y lo intelectual, la claridad lógica y el misterio siniestro: en él el gran romántico que fue Poe afirma que la ejecución de un poema es una operación intelectual, no un don de la musa. Angustiada y lúcida, la obra de Poe se explica, al menos en parte, por su vida.

En la imaginación popular, Poe vive, como tantos otros, en el compartimento de los poetas malditos, esos seres geniales y abrumados, incapaces de una existencia plácida, cuyos días no hallan otra justificación que sus escritos. Si bien no faltan elementos para abonar esta atribución, conviene recordar que la realidad es siempre más compleja y matizada que el lenguaje, y que buena parte de las noticias que poseemos de Poe proviene de contemporáneos no siempre ligados a él por vínculos de simpatía.

Nació Edgar Poe un 19 de enero de 1809 en Boston (la más europea de las ciudades norteamericanas), hijo de David Poe y Elizabeth Arnold, actores. Ni Edgar ni sus dos hermanos (William Henry y Rosalie) conocieron la paz de un hogar sosegado: antes de morir en 1811, Elizabeth se había separado de su marido alcohólico y tal vez violento. A la muerte de la madre, Edgar recayó en la custodia de John Allan, comerciante de tabaco escocés a quien el futuro escritor debe su segundo nombre. Capricho o anhelo de la mujer del escocés, Edgar recibió en su infancia un trato acorde con el estado del matrimonio: en los dichosos primeros años nada se le negó; después (con el cansancio, las infidelidades, el hastío) John Allan fue desentendiéndose de él, al punto de que, en su testamento, no le legó nada y lo reservó todo para dos hijos naturales. En esos primeros tiempos tranquilos la familia vivió durante cinco años (1815-1820) en Inglaterra; allí Edgar asistió a dos escuelas donde empezó a destacarse en el estudio del latín y el francés, la historia y la literatura. De vuelta a los Estados Unidos, estudió en Richmond y, en 1826, ingresó en la Universidad de Virginia (Charlottesville). Antes de esta fecha, Edgar había sido un muchacho disciplinado –la compañía de Horacio, Cicerón y Homero, así como el estudio de las matemáticas, ocupaba sus mejores ratos– y muy aficionado a la natación; en su breve estancia en la universidad descubrió los placeres que habían de revelar lo más feliz y lo más destructivo de su temperamento: matriculado en lenguas antiguas y modernas, cursó latín, francés, italiano y español, al tiempo que contraía los hábitos del juego, la bebida excesiva y otros atributos de una vida disipada. En diciembre del mismo 1826, desprovisto de apoyo económico por parte de John Allan y enemistado con más de un compañero, abandonó la universidad. Entró entonces en el Ejército, donde había de pasar dos años y alcanzaría el grado de Sargento Mayor. Poe, repudiando su pasado militar, llena en sus escritos autobiográficos estos dos años con ficticios viajes a Europa. Es difícil entender, pues, por qué ingresó en 1830 en la Academia Militar de West Point, donde imperaba la misma disciplina férrea que en el Ejército. En todo caso, la estancia no se alargó más allá de los ocho meses: Poe fue expulsado de la institución debido a repetidas infracciones de las normas. Concluía definitivamente su etapa de estudiante y se iniciaba la más ardua de la madurez. El bagaje que había acumulado a sus veintidós años incluía una sólida formación humanista, un delicado gusto literario, la pulsión de la bebida y una índole agresiva y aun neurótica.

Sus estudios y sus cualidades lo encauzaron hacia la actividad literaria. En 1827 había publicado en Boston un primer volumen de poesías, *Tamerlane y otros poemas*, y en 1829 el segundo, titulado *Al Aaraaf, Tamerlane y poemas menores*; en 1831 dio a la imprenta *Poemas*, que ya contiene algunos de los versos que le han dado celebridad. Tras un intento infructuoso de lograr una plaza de maestro, y sumido en una pobreza de la que John Allan no quiso aliviarle, Poe empezó a escribir relatos breves con la esperanza de que fueran publicados en revistas y le reportaran algún dinero. Con «Manuscrito hallado en una botella» obtuvo un premio de cincuenta dólares otorgado por la revista *Baltimore Saturday Visiter* y, lo que es más importante, el apoyo de un miembro del jurado, John Pendleton Kennedy, quien le ayudó a publicar sus relatos y le proporcionó el cargo de editor de la revista *Southern Literary Messenger* de Richmond.

En 1836 se casó con su prima Virginia, de trece años y ya castigada por el mal de la tisis. Acaso la melancolía de Poe necesitara el lenitivo de esta compañía infantil, que ha contribuido en buena medida a fomentar el mito de «hombre raro» de Poe. Su mala salud había de ser una preocupación constante, que, sumada a la precaria situación económica del escritor, motivó no pocos quebraderos de cabeza. En 1837 la pareja se trasladó a Nueva York, donde Poe completó la célebre *Narración de Arthur Gordon Pym*. Al año siguiente se instalaron en Filadelfia, centro comercial de gran importancia en el que adquirió renombre con la publicación de «Ligeia» y pasó a editar, junto al actor William E. Burton, la *Gentleman's Magazine* (en ella publicó «La caída de la casa Usher»). Sin embargo, no tardó en abandonar este cargo para fundar su propia publicación, *The Penn Magazine*, que si bien respondía a sus aspiraciones estéticas resultaría ser un negocio deficitario. En 1839 aparece una recopilación de veinticinco de sus relatos titulada *Cuentos de lo grotesco y lo arabesco*. Necesidades económicas le llevaron a ingresar en la *Graham's Magazine*, a cuya gran tirada (alcanzó los 35.000 ejemplares) contribuyó con inteligentes reseñas de libros, ensayos de crítica literaria y relatos como «Los asesinatos de la Rue Morgue». Con todo, en 1842 abandonó este empleo para dedicarse a su *Penn Magazine*, que fracasó definitivamente. En los años sucesivos el matrimonio viviría en Washington (donde se frustró un nuevo proyecto editorial, *The Stylus*, así como una tentativa de publicar sus relatos completos), Nueva York (allí trabajó en la redacción del *New York Mirror* y posteriormente en el *Broadway Journal*, del que llegaría a ser propietario antes de que cerrara en 1846). Poe trabajaba con denuedo y cultivaba la literatura en sus vertientes más diversas –la crítica, el ensayo, la poesía, la narrativa–, pero persistía la penuria económica. Probablemente su carácter irascible le impidiera acomodarse a uno de los empleos estables (aunque escasamente remunerados) que se le ofrecieron, y sus poco prudentes iniciativas empresariales le acarrearon fatalmente la pobreza. En 1847 murió Virginia, en quien la enfermedad no había cesado de cebarse; a partir de este momento se exacerbaría el alcoholismo de Poe, cada vez más a la deriva. En poco tiempo trató de trabar amores con dos damas adineradas, que lo estimaban, pero no lo aceptaron; se sucedían las crisis de *delirium tremens*; intentó en vano llevar a cabo un último proyecto editorial. En 1849 murió en la sala común de un hospital de Baltimore.

Los relatos de este volumen

Este volumen presenta dos virtudes eminentes: la primera, la alta categoría de la traducción; en segundo lugar, la atinada elección de los relatos. No sólo porque estas narraciones se cuentan entre las mejores producciones de Poe, sino porque muestran los diferentes registros de su narrativa. Con Poe pasa como con la mayoría de grandes escritores: al tiempo que la diversidad de asuntos y temas que expone confiere variedad a su obra, el mismo genio que la alimenta le da unidad y coherencia; puede hablarse entonces de un archipiélago cuyas islas son manifestaciones distanciadas de un mismo sustrato que las vincula. Las ocho narraciones aquí reunidas dan una imagen fiel de las diversas islas imaginarias que formó Poe.

Para constatar el carácter emblemático de esta selección conviene enumerar el catálogo completo de la obra de Poe:

a) Poesía. No prodigó Poe el cultivo del verso. El cómputo completo de sus poemas no va más allá de cincuenta composiciones de diversa extensión que en el volumen de sus obras completas ocupan setenta y seis páginas. En el Prefacio a *El cuervo y otros poemas* declara que, si no escribió más, fue debido a las necesidades económicas, que lo forzaron a escribir relatos para las revistas: «Acontecimientos que no pueden ser controlados me han impedido hacer en algún momento un esfuerzo serio en el que, en circunstancias más favorables, hubiera sido el campo de mi elección.» Algunos de sus poemas han conseguido un lugar destacado en el acervo popular –«El cuervo», «A Helen», «Annabel Lee»–, Borges hace decir al narrador de «Pierre Menard, autor del *Quijote*» que no concibe el universo sin un verso suyo («Ah, bear in mind this garden was enchanted!»), pero en general hoy atribuimos a estos poemas un valor más emotivo que estético; ellos solos no justificarían la gloria de Poe.

b) Una novela: *La narración de Arthur Gordon Pym*, uno de los grandes relatos de aventuras que se han escrito. La viveza con que describe aventuras marítimas en mares lejanos hizo creer a sus contemporáneos que no se trataba de una ficción sino de una crónica. En una hipotética biblioteca universal compartiría sección con *La isla del tesoro*, *Moby Dick* y otros clásicos del género aventurero.

c) Crítica literaria. En ella fija Poe sus postulados estéticos; muchos de sus juicios conservan plena vigencia en nuestros días («Cuando los hombres hablan de la Belleza designan no una cualidad, como a menudo se piensa, sino un efecto: se refieren, en breve, sólo a aquella elevación intensa y pura del alma –no del intelecto, o del corazón–»). Sus tres ensayos más célebres son *La filosofía de la composición*, *El elemento racional del verso* y *El principio poético*. En el primero, ya mencionado con anterioridad, subraya la importancia de la unidad de la obra literaria; conviene, dice, que el lector pueda absorber toda la obra «de una sola sentada», sin que medien en la lectura asuntos que distraigan la atención. Este principio, aunque se aplique principalmente al verso, también ayuda a comprender la renuncia de Poe a escribir novelas y su predilección por el relato.

d) Relatos. Diferenciados de la novela no sólo por la extensión sino también por la intensidad (Julio Cortázar, también traductor de Poe, observa que un cuento gana al lector por K.O., mientras que una novela lo hace sumando puntos), son el género más frecuentado por Poe, el que le procuró el sustento durante su vida y la fama en la posteridad. Suman sesenta y ocho en total. De su diversidad y riqueza, como decíamos, dan cuenta las narraciones de nuestra selección.

«La caída de la casa Usher», «El retrato oval» y «La máscara de la Muerte Roja» reflejan su gusto por lo que se denomina el género gótico: escenarios remotos, espacios cerrados y claustrofóbicos –castillos, mansiones, mazmorras–; tiempo inconcreto y lejano (con resonancias medievales); personajes aristocráticos, de inteligencia y sensibilidad extremas, atenazados por una obsesión o un remordimiento; predominio de los elementos irracionales sobre la claridad. A causa de estos relatos se le imputó a Poe una dependencia de los autores románticos alemanes; él impugnó este cargo replicando que «El horror no llega de Alemania, llega del alma».

«Manuscrito hallado en una botella» se inscribe en el género de aventuras al que también pertenece *La narración de Arthur Gordon Pym*. Género eminentemente anglosajón, los americanos recibieron el legado británico y lo enriquecieron con su contacto más directo con una naturaleza virgen (piénsese en la aludida *Moby Dick* de Melville, por ejemplo). Poe, además, le añade elementos de misterio y aun fantásticos.

«Ligeia» (como «Berenice» o «Morella») habla de amores obsesivos y atormentados. Los matrimonios que inventa Poe (quien, se recordará, se casó con una niña) son exclusivamente espirituales, ajenos al amor físico y a los hijos; en ellos se produce un vínculo de dos almas que trasciende, para bien y para mal, las limitaciones del espacio y del cuerpo.

«William Wilson» aborda el tema del doble y plantea los problemas de la identidad personal y la responsabilidad moral. Tiene un inequívoco aire de familia con *El Dr. Jekyll y Mr. Hyde*, de Robert Louis Stevenson, y *El retrato de Dorian Gray*, de Oscar Wilde.

«La verdad sobre el caso del señor Valdemar» combina el registro metafísico con la pasión por la ciencia. Valdemar es hipnotizado en el momento de morir y mantenido en este estado «en el reino de cuyos confines ningún viajero retorna». Valdemar relata con vértigo y angustia lo que hay después de la muerte.

«Los crímenes de la Rue Morgue», por último, es tal vez la obra de Poe que más influencia ha ejercido en el futuro: con él se inaugura el género policíaco que después cultivarían Wilkie Collins, Arthur Conan Doyle, Chesterton y tantos otros. Su héroe, Auguste Dupin, prefigura el personaje prototípico del genio de la deducción que, con pocos elementos y atinadas reglas de análisis y síntesis, resuelve con toda eficacia enigmas indescifrables para los demás.

Dupin es sobrio, sereno, suficiente; centrado en el esclarecimiento de misterios, prescinde de los elementos irracionales de la realidad (o no se resigna a dejarlos como tales y los integra en esquemas que, por usar el lenguaje matemático, despejan las incógnitas). No es difícil imaginar que a Poe, solvente matemático, le hubiera gustado ceñirse a esta existencia y renunciar a lo macabro y lo morboso. Este posible Poe lúcido hubiera llevado tal vez una vida más serena; no existirían, sin embargo, las minuciosas pesadillas que nos ha legado. En el poema «Edgar Allan Poe», Borges lo imagina perseverando en su propio ser tras la muerte, como su personaje el señor Valdemar: «Quizá, del otro lado de la muerte, / Siga erigiendo solitario y fuerte / Espléndidas y atroces maravillas.»

Joan Solé

LA CAÍDA DE LA CASA USHER

Son coeur est un luth suspendu;
Sitôt qu'on le touche il résonne.
DE BÉRANGER

Durante un día entero de otoño, triste, oscuro y silencioso, cuando las nubes se cernían bajas y opresivas en el cielo, crucé solo, a caballo, una región singularmente lúgubre del país y, por fin, cuando ya caían las sombras de la noche, alcancé a ver la melancólica casa de Usher. Ignoro cómo fue, pero en cuanto miré el edificio, una sensación de insoportable tristeza invadió mi espíritu. Digo insoportable porque era una sensación que no aliviaban ninguno de esos sentimientos agradables por el hecho de ser poéticos, con los cuales por lo general la mente recibe las más severas imágenes naturales de lo desolado o lo terrible. Miré la escena que había ante mí: la casa en sí y el sencillo paisaje de la propiedad, las paredes desnudas, las ventanas vacías que parecían ojos, los juncos escasos y siniestros, y los troncos blanquecinos de algunos árboles marchitos secos, con una completa depresión solamente comparable, como sensación terrena, con el despertar del fumador de opio, el amargo deslizarse a la vida diaria, la odiosa caída del velo. Era una frialdad, un abatimiento, un malestar del corazón, una irremediable melancolía de pensamiento que ningún acicate de la imaginación podía tornar en algo sublime. ¿Qué era –me detuve a pensar– lo que tanto me amilanaba al contemplar la casa Usher? Era un misterio por completo insoluble; tampoco podía yo luchar con las sombrías fantasías que me acosaban mientras reflexionaba. Me vi obligado a caer en la poco satisfactoria conclusión de que fuera de toda duda, puesto que *existen* combinaciones de objetos muy simples y naturales con el poder para afectarnos así, el análisis de ese poder se encuentra entre las consideraciones que están más allá de nuestro alcance. Quizás, reflexioné, una mera disposición distinta en los detalles de la escena, en los elementos del cuadro, bastaría para modificar y tal vez hasta anular su capacidad de causar una impresión dolorosa; y actuando en consonancia con esa idea, dirigí mi caballo hacia la escarpada orilla de una laguna negra y fantástica, muy quieta, que brillaba junto a la mansión; pero con un estremecimiento aún más profundo que el anterior, contemplé la imagen invertida de los juncos grises, de los troncos fantasmagóricos y de las ventanas vacías que parecían ojos.

Sin embargo, me proponía pasar algunas semanas en esa mansión de melancolía. Su propietario, Roderick Usher, fue uno de mis joviales compañeros de adolescencia; pero habían transcurrido muchos años desde nuestro último encuentro. Sin embargo, acababa de recibir una carta desde un lugar distante del país –una carta suya– cuyo tono enloquecido y apremiante, sólo admitía una respuesta personal. El manuscrito denotaba una gran agitación nerviosa. El autor hablaba de una grave enfermedad física, de un desorden mental que lo oprimía, y de un sincero deseo de verme porque era su mejor y sin duda su único amigo, con la esperanza de que mi compañía jovial aliviara en cierta forma su enfermedad. Lo que me impidió vacilar fue su manera de decir esto y más porque era una petición hecha de todo *corazón*, por lo tanto acudí enseguida a su llamada, pese a seguir considerándola muy extraña.

Aunque de muchachos habíamos sido íntimos amigos, en realidad poco sabía de él. Su reserva siempre fue excesiva y constante. Sin embargo, yo sabía que su muy antigua familia se había destacado, desde tiempos inmemoriales, por una peculiar sensibilidad de temperamento que se desplegó, a lo largo de muchas generaciones, en innumerables concepciones artísticas, y que últimamente se manifestaba en numerosas, aunque discretas obras de caridad, y en una apasionada devoción no tanto a las bellezas ortodoxas y fácilmente reconocibles de la ciencia musical, sino a sus aspectos más intrincados. También conocía el hecho notable de que, la siempre venerada estirpe de los Usher, en ningún período produjo una rama duradera; en otras palabras, que toda la familia se limitaba a una línea de descendencia directa, y que siempre, salvo muy insignificantes y temporarias variaciones, había sido así. Tal vez esta deficiencia, pensé, mientras repasaba mentalmente la coincidencia del carácter de la propiedad con el de sus habitantes, y mientras reflexionaba sobre la influencia que uno podía haber ejercido sobre los otros a lo largo de los siglos... tal vez esta ausencia de ramas colaterales y la consiguiente transmisión constante de padres a hijos tanto del apellido como del patrimonio, fuese el motivo de que al fin se hubiesen identificado ambos de tal manera como para fundir el título original del dominio en el extraño y equívoco apelativo de casa Usher... un nombre que, en la mente de los campesinos que lo pronunciaban, parecía incluir tanto a la familia como a la mansión familiar.

He dicho que el único resultado de mi experimento un tanto infantil –el de clavar la mirada en la laguna– fue ahondar mi primera y singular impresión. No cabe duda de que el hecho de tomar conciencia del rápido aumento de mi superstición –¿por qué no llamarla así?– sólo sirvió para acelerar su mismo crecimiento. Hace mucho que sé que esa es la paradójica ley de todos los sentimientos que se basan en el terror. Y tal vez fuese por ese sólo motivo, que cuando volví a levantar la vista de la imagen reflejada en la laguna para mirar a la casa en sí, creció en mi mente una extraña fantasía, una fantasía en verdad tan ridícula, que sólo la menciono para demostrar la fuerza de las sensaciones que me oprimían. Había exacerbado hasta tal punto mi imaginación que me convencí de que sobre toda la mansión y sus dominios se cernía una atmósfera propia de ellos y de su vecindad inmediata; una atmósfera sin la menor afinidad con el aire del cielo que exhalaban los árboles secos, los muros grises, la laguna silenciosa... un vapor pestilente y místico, apenas perceptible, opaco, estancado y plomizo.

Sacudiendo de mi espíritu lo que *debía* ser un sueño, estudié con más detenimiento el verdadero aspecto del edificio. Su principal característica parecía ser una excesiva antigüedad. Era enorme la decoloración producida por los años. Todo el exterior estaba cubierto de pequeños hongos que colgaban del alero en una fina y enredada telaraña. Pero esto no significaba un estado ruinoso. No había mampostería caída, y parecía existir una extraña inconsistencia entre la todavía perfecta adaptación de las partes y la disgregación particular de cada piedra. Esto me recordaba la engañosa integridad de los maderámenes antiguos que se han podrido largos años en alguna cripta descuidada, sin que el aire exterior los alterase. Más allá de esa indicación de deterioro general, la estructura daba pocas muestras de inestabilidad. Quizás el ojo de un observador atento hubiera podido descubrir una fisura apenas perceptible que, partiendo del tejado del frente del edificio, bajaba en zig-zag por la pared hasta perderse en las sombrías aguas de la laguna. Mientras observaba todo esto, cabalgué hasta la casa por un angosto camino empedrado. Aguardaba un criado quien se hizo cargo de mi caballo, y entré en la bóveda gótica del vestíbulo. Desde allí un sirviente de paso furtivo me condujo en silencio por múltiples, oscuros e intrincados pasadizos, hasta el estudio de su amo. Mucho de lo que encontré en el camino contribuyó, no sé cómo, a aumentar los vagos sentimientos de los que ya he hablado. Mientras que los objetos que veía, –los relieves de los cielos rasos, los oscuros tapices de las paredes, los pisos negros como el ébano y los fantasmagóricos trofeos heráldicos que se sacudían a mi paso– eran cosas parecidas a las que me habían rodeado desde la infancia, y aunque no vacilaba en reconocer lo familiar que me resultaba todo eso, me sorprendían las fantasías insólitas que esas imágenes tan conocidas agitaban en mí. En una de las escaleras me encontré con el médico de la familia. Me pareció que su semblante reflejaba una mezcla de socarronería y perplejidad. Entonces el sirviente abrió una puerta y me dejó en presencia de su amo.

El cuarto era muy amplio y alto. Las ventanas eran largas, estrechas y puntiagudas y estaban a tanta distancia del piso de roble negro que, desde dentro resultaban completamente inaccesibles. A través de los cristales enrejados se colaban débiles fulgores de luz carmesí que permitían diferenciar los objetos más prominentes; sin embargo la vista luchaba en vano por distinguir los ángulos más lejanos de la habitación o los huecos del cielo raso abovedado y tallado. Oscuros tapices colgaban de las paredes. En general los muebles eran profusos, incómodos, antiguos y destartalados. Muchos libros e instrumentos musicales desordenadamente esparcidos, no otorgaban ninguna vitalidad a la escena. Sentí que respiraba una atmósfera de dolor. Un aire de severa, profunda e irremediable melancolía lo invadía y penetraba todo.

Al verme entrar, Usher se levantó del sofá donde estaba acostado y me recibió con una calurosa vivacidad, que mucho tenía –pensé al principio– de exceso de cordialidad, del esfuerzo obligado del hombre de mundo *ennuyé*. Sin embargo, al mirarlo, me convencí de su perfecta sinceridad. Nos sentamos; y durante algunos instantes, mientras él no habló yo lo observé con una mezcla de compasión y de espanto. ¡Sin duda alguna jamás un hombre había cambiado tanto en tan poco tiempo como Roderick Usher! Me costaba admitir que ese ser exangüe que tenía ante mí era el compañero de mi temprana juventud. Sin embargo, el carácter de su rostro en todo momento había sido notable. La tez cadavérica; los ojos incomparablemente grandes, líquidos y luminosos; los labios algo finos y muy pálidos, pero hermosamente curvados; la nariz de delicado tipo hebreo, pero con aletas más abiertas que lo habitual; el mentón bien modelado que, en su falta de prominencia, revelaba una carencia de energía moral; el cabello más suave y más tenue que la tela de araña; estos rasgos y el ancho poco común de la zona de las sienes conformaban un semblante difícil de olvidar. Y ahora, la mera exageración del carácter dominante de esos rasgos y de su expresión acostumbrada, revelaban un cambio tan enorme que me llevaron a dudar de la identidad de la persona con quien hablaba. Lo que más me sobresaltó y hasta me aterrorizó fue la palidez de la piel ahora espectral y el brillo milagroso de los ojos. También había crecido al descuido el sedoso cabello y como una salvaje textura de telaraña flotaba más que caía alrededor de su rostro. Pese a mis esfuerzos no pude relacionar su apariencia plástica con idea alguna de simple humanidad.

En los modales de mi amigo me sorprendió de inmediato encontrar cierta incoherencia, cierta inconsistencia; y pronto descubrí que esto era motivado por una serie de débiles y fútiles intentos de sobreponerse a una habitual perturbación, una excesiva agitación nerviosa. Sin duda yo estaba preparado para algo de esa naturaleza, no tanto por su carta sino por el recuerdo de algunos rasgos juveniles y por conclusiones a que llegué en base a su temperamento y peculiar conformación física. Sus movimientos eran alternativamente vivaces y pausados. Su voz pasaba con rapidez de un tono trémulo e indeciso (cuando su vitalidad parecía completamente latente) a una especie de enérgica concisión –esa enunciación abrupta, pesada, lenta, y de sonido hueco– esa pronunciación gutural densa, cuidadosa, perfectamente modulada que se observa en el borracho perdido o en el irredimible adicto al opio, durante los períodos de más intensa excitación.

Fue así como habló del objeto de mi visita, de su sincero deseo de verme, y del solaz que esperaba de mí. Se extendió en lo que él consideraba la naturaleza de su enfermedad. Era, dijo, un mal constitucional y familiar, un mal para el cual desesperaba de encontrar remedio; una simple afección nerviosa, añadió de inmediato, que sin duda pronto desaparecería. Se manifestaba con una serie de sensaciones anormales. Cuando las detalló, algunas me interesaron y sorprendieron, aunque tal vez en ello hayan pesado los términos en que las relató y su manera de narrarlas. Padecía mucho a causa de una agudeza mórbida de los sentidos; apenas toleraba la comida más insípida; sólo podía usar ropa de determinada textura; los perfumes de todas las flores le resultaban opresivos; hasta la luz más tenue le torturaba los ojos; y sólo algunos sonidos peculiares, surgidos de instrumentos de cuerda, no le inspiraban horror.

Comprendí que era esclavo de una especie de terror anómalo.

–Moriré –dijo–, *debo* morir a causa de esta deplorable locura. Así, así y no de otro modo me perderé. Temo los acontecimientos del futuro, no en sí mismos, sino en sus resultados. Me estremezco ante el pensamiento de cualquier incidente, hasta el más trivial, que pueda afectar esta intolerable agitación del alma. En realidad, no aborrezco el peligro, salvo en su efecto absoluto: el terror. En este desaliento, en esta deplorable condición, siento que, tarde o temprano, llegará el momento en que deba abandonar vida y razón al mismo tiempo, en alguna lucha con el torvo fantasma, *el miedo.*

Conocí además por intervalos, y a través de insinuaciones angustiadas y ambiguas, otro rasgo singular de su estado mental. Estaba encadenado a ciertas impresiones supersticiosas relativas a la morada que ocupaba y de la que, durante muchos años, nunca se aventuró a salir, supersticiones relativas a una influencia cuya supuesta energía fue descripta en términos demasiado sombríos para repetirlos aquí, una influencia que algunas peculiaridades de la forma y materiales de la mansión familiar, a fuerza de soportarlas largo tiempo, según él, habían ejercido sobre su espíritu; un efecto que el aspecto físico de los muros y torres grises y la oscura laguna en que se reflejaban había producido, a la larga, en lo *moral* de su existencia.

Sin embargo, admitía, aunque con vacilación, que gran parte de la peculiar melancolía que así lo afectaba, podía tener un origen más natural y mucho más palpable: la grave y prolongada enfermedad, en realidad la próxima muerte de una hermana tiernamente querida, su única compañía durante largos años, su último y solitario pariente sobre la tierra.

–Su muerte –decía con una amargura que no puedo olvidar–, me convertirá (a mí el desesperado, el frágil) en el último del antiguo linaje de los Usher.

Mientras él hablaba, lady Madeline (porque así se llamaba) cruzó lentamente por un lugar apartado del salón y, sin haber notado mi presencia, desapareció. La miré con una estupefacción no carente de temor, y sin embargo esa sensación me resultó imposible de explicar. Mientras la observaba alejarse, me oprimía un sentimiento de estupor. Cuando por fin una puerta se cerró tras ella, mi mirada buscó, instintiva y ansiosamente, el semblante del hermano; pero él había enterrado el rostro entre las manos y sólo alcancé a percibir que una palidez aún mayor que la habitual se extendía por los dedos descarnados entre los que se filtraban lágrimas apasionadas.

La enfermedad de lady Madeline hacía tiempo que desconcertaba a sus médicos. Una permanente apatía, un gradual agotamiento físico y frecuentes aunque transitorios accesos de carácter parcialmente cataléptico eran el insólito diagnóstico. Hasta ese momento ella se sobreponía con firmeza a las presiones de su enfermedad, negándose a permanecer definitivamente en cama; pero al caer la tarde de mi llegada a la casa, sucumbió (como me dijo su hermano esa noche con inexpresable agitación) al poder postrante del destructor; y me enteré de que la breve visión que había tenido de su persona probablemente sería la última, de que por lo menos en vida ya nunca más vería a lady Madeline.

Durante varios días posteriores, ni Usher ni yo mencionamos su nombre y durante ese período me entregué a sinceros esfuerzos para aliviar la melancolía de mi amigo. Pintábamos y leíamos juntos, o yo escuchaba como en un sueño las impetuosas improvisaciones que hacía en su elocuente guitarra. Y así, mientras una intimidad cada vez más estrecha me introducía sin reservas en lo más recóndito de su alma, percibía con amargura la futilidad de todo intento de alegrar un espíritu del cual la oscuridad, como una cualidad inherente y positiva, se derramaba sobre todos los objetos del universo físico y moral en una incesante irradiación de tinieblas.

Siempre llevaré conmigo el recuerdo de las muchas horas solemnes que pasé a solas con el amo de la casa Usher. Sin embargo, fracasaría en todo intento de transmitir una idea sobre el carácter exacto de los estudios o las ocupaciones a las que me inducía o cuyo camino me mostraba. Un ideal exaltado y enfermizo envolvía todas las cosas con un fulgor sulfúrico. Sus largos e improvisados cantos fúnebres resonarán indefinidamente en mis oídos. Entre otras cosas, conservo un doloroso recuerdo de cierta singular perversión y amplificación del desolado aire del último vals de Von Weber. De las pinturas incubadas en su laboriosa imaginación y que, pincelada a pincelada, iban cayendo en una vaguedad que me estremecía, tanto más porque ignoraba la causa de ese estremecimiento; de esas pinturas (tan vívidas que tengo ahora sus imágenes ante mí) me esforzaría en vano por presentar más que una pequeña porción que podría caber en los límites de la simple palabra escrita. Por su extrema sencillez, por la desnudez de sus diseños, Usher lograba atraer la atención e intimidaba. Si alguna vez un mortal logró pintar una idea, ese mortal fue Roderick Usher. Para mí, al menos –en las circunstancias que entonces me rodeaban– de las puras abstracciones que el hipocondríaco lograba proyectar en la tela, surgía una intensidad de intolerable espanto, ninguna sombra del cual he sentido todavía en la contemplación de las resplandecientes aunque excesivamente concretas fantasías de Fuseli.

Una de las fantasmagóricas concepciones de mi amigo, que no participaba con tanto rigor del espíritu de abstracción, puede ser vagamente bosquejada en palabras, aunque de una manera indecisa, débil. Un pequeño cuadro representaba el interior de una bóveda o túnel, inmensamente largo y rectangular, con paredes bajas, lisas, blancas, sin interrupción o adorno. Ciertos detalles accesorios del diseño servían para transmitir la idea de que esa excavación se encontraba a gran profundidad bajo la superficie de la tierra. En ninguna parte de su vasta extensión se observaba una toma de luz o una antorcha, u otra fuente artificial de iluminación; sin embargo, todo el lugar estaba bañado por una ola de rayos intensos que daban al conjunto del cuadro un esplendor inadecuado y espectral.

Ya he hablado de esa condición de su nervio auditivo que hacía intolerable toda música al paciente, con excepción de ciertos efectos de instrumentos de cuerda. Tal vez los estrechos límites a los cuales se había confinado con la guitarra hayan sido los que originaron, en gran medida, el carácter fantástico de su obra. Pero la ardiente *facilidad* de sus *impromptus* no tenía explicación. Tanto las notas como las palabras de sus extrañas fantasías (porque con frecuencia se acompañaba con improvisaciones verbales rimadas) debían ser –y lo eran– el resultado de ese intenso recogimiento y concentración mental a los cuales he aludido antes, observables sólo en algunos particulares momentos de la más alta excitación mental. Recuerdo con facilidad las palabras de una de esas rapsodias. Tal vez haya sido la que con más fuerza me impresionó al oírla, porque en la corriente interior o mística de su significado imaginé percibir, y por primera vez, una plena conciencia por parte de Usher de que su descollante razón amenazaba con desplomarse de su trono. Los versos cuyo título era *El Palacio encantado*, decían, aproximadamente si no con exactitud, esto:

I

En el valle más verde
donde habitan los ángeles benéficos,
un augusto palacio se elevaba,
un radiante palacio
en los dominios del rey del Pensamiento
¡allí se erguía!
Nunca un serafín tendió sus alas
sobre objeto tan bello.

II

Banderas amarillas y doradas, gloriosas
ondeaban y flotaban en sus techos;

(esto –todo esto– fue en los tiempos más viejos
hace mucho).
Y cada risa amable jugueteaba
en esos dulces días,
y se expandía una fragancia alada
en las murallas adornadas y pálidas.

III

Los que erraban en el valle feliz
por dos ventanas luminosas veían
espíritus moviéndose en la música
al rítmico mandato del laúd,
alrededor de un trono donde estaba
(¡porfirogéneto!)
en su estado de merecida gloria
el señor de ese reino.

IV

De perlas y rubíes centelleantes
era la bella puerta del palacio.
Y por ella fluían y fluían
chispeando por doquier,
un conjunto de ecos cuya dulce tarea
era sólo cantar,
en voces de exultantes bellezas
el genio y el ingenio de su rey.

V

Pero malignos entes en trajes de tristeza
asaltaron las tierras del monarca;
(¡ah, lloremos el duelo pues ya no habrá mañana
que surja para él, el desolado!)
Y en torno de su casa, aquella gloria
florecida en rubores
no es más que una historia que apagado recuerdo
sepulta en tiempos viejos.

VI

Y ahora viajeros, ahora, en ese valle,
tras las ventanas encendidas de rojo
ven formas amplias que fantásticas se desplazan
al son de discordantes melodías;
mientras como un río veloz y fantasmal,
tras la pálida puerta
hay una odiosa multitud que se apresura
y ríe porque ya no hay sonrisas.

Recuerdo bien que las sugestiones surgidas de esta balada, nos llevaron a una corriente de pensamientos en los que quedó de manifiesto una opinión de Usher que menciono, no porque sea original (pues otros han pensado así) sino a causa de la terquedad con que la mantuvo. Esta opinión, en líneas generales, afirmaba la sensibilidad de todos los seres vegetales. Pero en su desordenada fantasía, la idea había asumido un carácter más audaz y bajo ciertas condiciones transgredía los límites del reino de lo inorgánico. Me faltan palabras para expresar todo el alcance, o el sincero *abandono* de su persuasión. Sin embargo, (como ya lo he insinuado) la creencia se vinculaba con las piedras grises del hogar de sus antepasados. Imaginaba que las condiciones de la percepción habían sido allí cumplidas en el método de colocación de esas piedras, en el orden en que habían sido dispuestas, así como en la multitud de *hongos* que las cubrían y en los árboles que las rodeaban, pero sobre todo, en la larga y serena prolongación de este orden y en su reflejo en las aguas quietas de la laguna. Decía que la evidencia de esa percepción se notaba (y al oírlo me estremecí) en gradual, pero segura condensación de una atmósfera propia en torno del agua y las paredes. El resultado se podía descubrir, añadió, en esa silenciosa, pero importuna y terrible influencia que durante siglos había moldeado el destino de su familia y que lo convertía a él en lo que yo ahora veía: en lo que era. Tales opiniones no necesitan comentario, y no haré ninguno.

Nuestros libros –los libros que durante años constituyeron una parte nada pequeña de la existencia intelectual del enfermo– estaban, como podrá suponerse, en estricto acuerdo con este carácter fantasioso. Leíamos juntos obras tales como el *Ververt et Chartreuse*, de Gresset; el *Belfegor*, de Maquiavelo; *Del cielo y del infierno*, de Swendeborg; el *Viaje subterráneo de Nicolás Klim*, de Holberg; la *Quiromancia*, de Robert Flud, Jean d'Indaginé y De la Chambre; *El viaje a la distancia azul*, de Tieck, y *La ciudad del sol* de Campanella. Uno de nuestros libros favoritos era un pequeño volumen del *Directorium inquisitorium* del dominico Eymeric de Gironene; y había pasajes en Pomponius Mela acerca de los viejos africanos y egibanos sobre los que Usher se quedaba sentado soñando horas enteras. Sin embargo encontraba su mayor deleite en la cuidadosa lectura de un rarísimo y curioso libro gótico en cuarto –el manual de una iglesia olvidada– las *Vigiliae Mortuorum Chorum Eclesiae Maguntiae*.

Yo no podía menos que pensar en el extraño ritual de esa obra y en su probable influencia sobre el hipocondríaco, cuando una noche, después de informarse abruptamente de que lady Madeline había dejado de existir, declaró su intención de preservar el cuerpo durante quince días (antes de su inhumación definitiva) en una de las numerosas criptas existentes dentro de los muros del edificio. La mundana razón a la que atribuía ese singular procedimiento no me dejó, sin embargo, la libertad de discutir. El hermano había llegado a esa decisión (según me dijo) en consideración del carácter poco habitual de la enfermedad de la difunta, por ciertas impertinentes y ansiosas averiguaciones por parte de los médicos y por la remota y expuesta ubicación del cementerio familiar. No negaré que al recordar el aspecto siniestro de la persona con quien me crucé en la escalera el día de mi llegada, no tuve deseos de oponerme a lo que, en el mejor de los casos, me pareció una precaución inofensiva y de ninguna manera extraña.

A petición de Usher, lo ayudé personalmente en los preparativos de la sepultura temporaria. Una vez que colocamos el cuerpo en el ataúd, los dos solos lo llevamos a su lugar de descanso. La cripta donde lo depositamos (la cual había permanecido tanto tiempo sin abrir que su atmósfera opresiva casi apagó nuestras antorchas, dándonos poca oportunidad para examinarla) era pequeña, húmeda y desprovista de toda entrada de luz; estaba situada a gran profundidad, inmediatamente debajo de la parte del edificio que ocupaba mi dormitorio. Por lo visto, en remotas épocas feudales se había usado para el siniestro propósito de mazmorra, y en épocas posteriores como depósito de pólvora o alguna otra sustancia altamente combustible porque una parte del piso y la totalidad del largo pasillo abovedado que hasta allí nos llevara, estaba cuidadosamente revestido de cobre. La puerta, de hierro macizo, tenía una protección similar. Al moverse sobre sus goznes, su peso inmenso producía un chirrido sorprendentemente agudo.

Una vez que depositamos nuestra luctuosa carga sobre unos caballetes, en aquella región de horror, retiramos parcialmente la tapa del ataúd aún sin atornillar y observamos el rostro de su ocupante. Lo primero que atrajo mi atención fue la similitud entre ambos hermanos; y, adivinando tal vez mis pensamientos Usher murmuró algunas palabras por las que me enteré que la difunta y él eran mellizos y que entre ellos siempre existió una afinidad casi inexplicable. Sin embargo, nuestra mirada no se demoró largo rato sobre la muerta, porque era imposible contemplarla sin espanto. El mal que la llevara a la muerte en plena juventud dejó en ella, como es habitual en todas las enfermedades de carácter estrictamente cataléptico, la ironía de un leve rubor en el pecho y el rostro, y esa sonrisa en los labios sospechosamente prolongada que es tan terrible en la muerte. Volvimos a colocar la tapa en su sitio y la atornillamos y luego de asegurar la puerta de hierro, emprendimos el regreso, fatigados, hacia las habitaciones apenas menos lúgubres de la parte superior de la casa.

Y ahora, tras algunos días de amargo dolor, sobrevino un cambio visible en las características del desorden mental de mi amigo. Su manera de ser habitual, se esfumó. Descuidaba u olvidaba sus ocupaciones. Vagaba de cuarto en cuarto con paso presuroso, desigual, sin rumbo. La palidez de su semblante, había asumido –si tal cosa fuera posible– un tinte más espectral, pero la luminosidad de sus ojos desapareció por completo. La ronquera ocasional de su voz ya no existía, y una trémula vacilación, como de pánico extremo, caracterizaba ahora su expresión. En verdad, por momentos creí que algún secreto opresivo dominaba su mente agitada en exceso y que luchaba por adquirir el necesario valor para divulgarlo.

Pero otras veces me veía obligado a reducirlo todo a meras e inexplicables divagaciones de la locura, pues lo veía permanecer durante horas enteras con la mirada perdida en el vacío, con una actitud de profunda atención, como si escuchara algún sonido imaginario. No es de extrañar que su estado me aterrorizara, que se me contagiara de algún modo. Poco a poco me fui sintiendo furtivamente invadido, lenta pero seguramente, por las extrañas influencias de sus fantásticas y contagiosas supersticiones. La noche del séptimo u octavo día después de depositar a lady Madeline en la mazmorra, al retirarme ya muy tarde a mi dormitorio, experimenté toda la fuerza de esas sensaciones. Las horas transcurrían y el sueño no se acercaba a mi lecho. Luché por rechazar con razonamientos, la nerviosidad que me dominaba. Traté de convencerme de que mucho, si no todo lo que me sucedía era causado por la influencia desconcertante del sombrío mobiliario de la habitación, de los oscuros y raídos tapices que, atormentados por el soplo de una incipiente tempestad parecían cobrar vida y se balanceaban de aquí para allá sobre las paredes y crujían inquietantes alrededor de los adornos de la cama. Pero mis esfuerzos resultaron infructuosos. Un temblor incontenible fue invadiendo mi cuerpo y por fin se instaló sobre mi propio corazón un íncubo, el peso de una alarma completamente inmotivada. Traté de liberarme de él, jadeando y luchando, me erguí sobre las almohadas y mientras escudriñaba con ansiedad la intensa oscuridad del cuarto, presté atención –ignoro por qué, salvo que me impulsó un valor instintivo– a ciertos sonidos ahogados, indefinibles, que llegaban con largos intervalos, durante las pausas de la tormenta, no sé de dónde. Sobrecogido por una intensa sensación de horror, inexplicable pero insoportable, me vestí apresuradamente (pues sentí que no volvería a dormir durante esa noche) e intenté sobreponerme a la lamentable condición en que había caído, recorriendo con rapidez el cuarto de un extremo al otro.

Apenas había dado unas vueltas cuando atrajo mi atención el sonido de un paso ligero en la escalera contigua. Pronto reconocí las pisadas de Usher. Instantes después llamó a la puerta con suavidad y entró con una lámpara. Su semblante era, como siempre, de una palidez cadavérica –pero además, en sus ojos había una especie de loca hilaridad–, una *histeria* que evidentemente reprimía en toda su actitud. Su aspecto me espantó, pero cualquier cosa era preferible a la soledad que había soportado tanto tiempo, y aun su presencia me resultó un alivio.

–¿Y no lo has visto? –preguntó abruptamente, después de mirar en silencio a su alrededor durante algunos instantes–. ¿Entonces no lo has visto? ¡Pero espera! ¡Lo verás! –Después de pronunciar esas palabras, protegió cuidadosamente su lámpara, se apresuró a acercarse a una de las ventanas y la abrió de par en par a la tormenta.

La furia impetuosa de la ráfaga estuvo a punto de levantarnos del suelo. Era en verdad una noche tempestuosa, pero de severa hermosura, una noche extrañamente singular en su terror y su belleza. Al parecer, un remolino reunía sus fuerzas en nuestra vecindad, pues el viento alteraba con frecuencia y rapidez su dirección, y la excesiva densidad de las nubes (tan bajas que parecían oprimir las torrecillas de la casa) no impedía que percibiéramos la velocidad casi viviente con que se acercaban desde todos los puntos, entremezclándose unas con otras sin perderse en la distancia. Digo que ni siquiera su excesiva densidad nos impedía percibirlo y sin embargo, no vislumbrábamos la luna ni las estrellas, ni alcanzábamos a ver el brillo de un relámpago. Pero las superficies inferiores de la inmensa masa de vapor agitado, así como todos los objetos terrenales que nos rodeaban resplandecían en la luz no natural de una leve exhalación gaseosa, apenas luminosa y claramente visible que se cernía sobre la mansión y la amortajaba.

–¡No debes mirar! ¡No mirarás eso! –dije, tembloroso, mientras con suave violencia conducía a Usher de la ventana a un asiento–. Ese espectáculo que te confunde no es más que un fenómeno eléctrico, bastante común. O quizá tenga su espantoso origen en el miasma pútrido de la laguna. Cerremos la ventana; está frío el aire y puede ser peligroso para ti. Aquí tengo una de tus novelas favoritas. Yo leeré y tú escucharás, y así pasaremos juntos esta noche terrible.

El antiguo volumen que había tomado era el *Mad Trist* de Sir Lancelot Canning, pero lo califiqué de favorito de Usher más en broma que en serio, porque, en verdad, en su prolijidad tosca, poco imaginativa, no había mucho que pudiera interesar al idealismo elevado y espiritual de mi amigo. Sin embargo, era el único libro que tenía a mano y me permití alentar la vaga esperanza de que la excitación que en ese momento agitaba al hipocondríaco, pudiera encontrar alivio (porque la historia de los trastornos mentales está llena de anomalías similares) hasta en la extrema locura que yo estaba por leerle. Sin duda, de haber sido capaz de juzgar por el extraño y tenso aire de vivacidad con que escuchaba, o parecía escuchar las palabras de la historia, bien hubiera podido felicitarme por el éxito de mi plan.

Había llegado a esa parte tan conocida de la historia en que Ethelred, el héroe del Trist, habiendo intentado en vano ser recibido por las buenas en la morada del eremita, procede a entrar por la fuerza. Como se recordará, aquí las palabras de la narración son las siguientes:

«Y Ethelred, que por naturaleza era un corazón valeroso, y ahora además fortalecido a causa del poder del vino que había bebido, no esperó más para parlamentar con el eremita quien, en realidad, era de índole obstinada y maligna; pero al sentir la lluvia sobre sus hombros y temeroso del estallido de la tempestad, alzó directamente su maza y a golpes se abrió rápido camino para su mano con guantelete entre las tablas de la puerta; y entonces, tirando con fuerza hacia sí, rajó, rompió y arrancó los pedazos de tal manera que el ruido de la madera seca y hueca retumbó en el bosque y lo alarmó.»

Al terminar esa frase me sobresalté y me detuve un momento porque me pareció (aunque enseguida concluí que mi excitada imaginación me había engañado) que de alguna parte muy remota de la mansión, llegaba oscuramente a mis oídos lo que podía haber sido, por su exacta similitud, el eco (aunque sin duda sofocado y sordo) del mismo ruido de tablas rajadas y rotas tan detalladamente descriptas por sir Lancelot. Sin duda alguna, fue sólo la coincidencia lo que me llamó la atención porque entre el crujir de los marcos de las ventanas y los confusos ruidos habituales de la tormenta creciente, el sonido, en sí mismo, sin duda no tenía nada que debiera haberme interesado o inquietado. Continué con la historia:

«Pero el buen campeón Ethelred entró por la puerta y quedó furioso y sorprendido al no percibir señales del maligno eremita; pero en cambio encontró un dragón cubierto de escamas, de prodigioso tamaño, de lengua llameante que, sentado, montaba guardia ante un palacio de oro con piso de plata; y del muro colgaba un refulgente escudo de bronce con esta leyenda grabada:

El que aquí penetre conquistador será.
El que mate al dragón el escudo obtendrá.

»Y Ethelred alzó su maza y golpeó la cabeza del dragón que cayó ante él y lanzó su aliento pestilente con un aullido tan horrendo y bronco, y además tan penetrante, que Ethelred se tapó las orejas con las manos para no oír ese ruido espantoso, que no se asemejaba a nada de lo que oyera hasta entonces.»

Aquí me detuve bruscamente una vez más, y ahora con una sensación de violento asombro, porque sin la menor duda, en esta oportunidad realmente había oído (aunque me resultaba imposible decir desde qué dirección procedía el sonido) un grito insólito, un sonido chirriante, confuso y aparentemente lejano, pero bronco, largo... la réplica exacta de lo que mi fantasía acababa de conjurar como el sobrenatural chillido del dragón descripto por el novelista.

Con esa segunda y más extraordinaria coincidencia, me hallé oprimido por mil sensaciones conflictivas, en las cuales predominaban el asombro y un extremo terror, pero pude conservar la suficiente presencia de ánimo para no excitar, con observación alguna, la sensibilidad nerviosa de mi compañero. No estaba de ninguna manera seguro de que él hubiera percibido los sonidos en cuestión, aunque durante los últimos minutos se había producido una extraña alteración en su apariencia. Desde su posición frente a mí, había hecho girar poco a poco su silla hasta quedar sentado mirando la puerta de la habitación; de modo que sólo alcanzaba a ver parcialmente sus facciones, aunque noté que le temblaban los labios, como si murmurara algo inaudible. La cabeza había caído sobre su pecho, sin embargo supe que no estaba dormido por los ojos fijos y muy abiertos que percibí al mirarle de reojo el perfil. El movimiento de su cuerpo también contradecía esa idea, porque se mecía de lado a lado con un balanceo suave, pero constante y uniforme. Advirtiendo rápidamente todo esto, continué con el relato de sir Lancelot, que seguía así:

«Y ahora el campeón, habiendo escapado de la terrible furia del dragón recordó el escudo de bronce y el hechizo roto al que se refería, apartó de su camino el cuerpo muerto y, por el pavimento de plata del castillo, avanzó hasta el lugar donde el escudo colgaba del muro; el cual, entonces, sin esperar su llegada, cayó a sus pies sobre el suelo de plata con un sonido potente, resonante y terrible.»

No bien terminé de pronunciar esas palabras –como si un escudo de bronce realmente hubiera caído pesadamente sobre un pavimento de plata– tuve conciencia de una reverberación clara, hueca, metálica y resonante, aunque aparentemente sofocada. Acobardado por completo, me puse de pie de un salto, pero el rítmico balanceo de Usher no se interrumpió. Me precipité hacia la silla donde estaba sentado. Tenía la mirada clavada hacia adelante y en su semblante reinaba una rigidez pétrea. Pero cuando apoyé mi mano sobre su hombro, todo su cuerpo se estremeció; una sonrisa malsana tembló en sus labios y noté que hablaba en un murmullo bajo, apresurado, ininteligible como si no advirtiera mi presencia. Me incliné sobre él, muy cerca, y por fin bebí el horrendo significado de sus palabras.

–¿No lo oyes? Sí, lo oigo y lo *he* oído. Largo... largo... largo tiempo... muchos minutos, muchas horas, muchos días lo he oído... sin embargo, no me atrevía... ¡oh, compadéceme, mísero de mí, desdichado! ¡No me atrevía... no me *atreví* a hablar! ¡La *encerramos viva en la tumba!* ¿No dije que mis sentidos eran agudos? Y ahora te digo que oí sus primeros movimientos débiles en el hueco ataúd. Los oí... hace muchos, muchos días... y sin embargo no me atreví... ¡*no me atreví a hablar!* Y ahora, esta noche, Ethelred, ¡ja! ¡La rotura de la puerta del eremita, y el grito de muerte del dragón, y el estruendo del escudo! ¡Di, más bien, el ruido del ataúd al rajarse y el chirrido de los goznes de hierro de su prisión, y su lucha dentro de las arcadas recubiertas de cobre de la cripta! Oh, ¿hacia dónde huiré? ¿No estará ella aquí muy pronto? ¿No se apresurará a reprocharme mi apuro? ¿No he oído, acaso sus pasos en la escalera? ¿No distingo ese pesado y horrible latido de su corazón? ¡Loco! –y en ese momento se puso, furioso, de pie de un salto y aulló estas palabras, como si en el esfuerzo estuviera entregando su alma: ¡Loco! ¡Te digo que está ahora parada del otro lado de la puerta!

Como si la energía sobrehumana de su grito tuviera la fuerza de un sortilegio los enormes y antiguos paneles que Usher señalaba, abrieron en ese momento lentamente sus poderosas mandíbulas de ébano. Fue obra de la fuerte ráfaga, pero entonces, del otro lado de la puerta estaba la alta y amortajada figura de lady Madeline Usher. Había sangre sobre sus blancas vestiduras y huellas de dura lucha en cada parte de su cuerpo descarnado. Por un momento permaneció temblorosa, bamboléandose de un lado al otro en el umbral: luego, con un quejido sofocado, cayó pesadamente hacia adentro, sobre la persona de su hermano y en su violenta y ahora definitiva agonía lo arrastró al suelo, muerto, víctima de los terrores que había anticipado.

De aquel cuarto, de aquella mansión, huí espantado. La tormenta seguía rugiendo con toda su furia cuando me encontré cruzando la vieja avenida. De repente una luz cegadora atravesó el sendero, y me volví para ver de dónde podía surgir un fulgor tan extraño, pues tras de mí sólo quedaban la vasta casa y sus sombras. El resplandor provenía de la luna llena, en el ocaso, roja como la sangre que ahora resplandecía vívidamente a través de esa fisura, antes apenas discernible de la que ya he hablado, y que se extendía en zig-zag desde el techo del edificio hasta su base. Mientras la miraba fijo, esa fisura se ensanchó con rapidez, hubo un furioso soplo del remolino, el disco completo del satélite irrumpió de pronto ante mi vista, mi mente se tambaleó al ver desmoronarse los inmensos muros, hubo un largo y tumultuoso clamor, parecido a la voz de mil aguas y la profunda y corrompida laguna a mis pies se cerró, sombría y silenciosa, sobre los escombros de la «casa Usher».

MANUSCRITO HALLADO EN UNA BOTELLA

Qui n'a plus qu'un moment à vivre
N'a plus rien à dissimuler.
AUINAULT-ATYS

Sobre mi país y mi familia tengo poco que decir. Un trato injusto y el paso de los años me han alejado de uno y malquistado con la otra. Mi patrimonio me permitió recibir una educación poco común y una inclinación contemplativa permitió que convirtiera en metódicos los conocimientos diligentemente adquiridos en tempranos estudios. Pero por sobre todas las cosas me proporcionaba gran placer el estudio de los moralistas alemanes; no por una destinada admiración a su elocuente locura, sino por la facilidad con que mis rígidos hábitos mentales me permitían detectar sus falsedades. A menudo se me ha reprochado la aridez de mi talento; la falta de imaginación se me ha imputado como un crimen; y el escepticismo de mis opiniones me ha hecho notorio en todo momento. En realidad, temo que una fuerte inclinación por la filosofía física haya teñido mi mente con un error muy común en esta época: hablo de la costumbre de referir sucesos, aun los menos susceptibles de dicha referencia, a los principios de esa disciplina. En definitiva, no creo que nadie haya menos propenso que yo a alejarse de los severos límites de la verdad, dejándose llevar por el *ignes fatui* de la superstición. Me ha parecido conveniente sentar esta premisa, para que la historia increíble que debo narrar no sea considerada el desvarío de una imaginación desbocada, sino la experiencia auténtica de una mente para quien los ensueños de la fantasía han sido letra muerta y nulidad.

Después de muchos años de viajar por el extranjero, en el año 18... me embarqué en el puerto de Batavia, en la próspera y populosa isla de Java, en un crucero por el archipiélago de las islas Sonda. Iba en calidad de pasajero, sólo inducido por una especie de nerviosa inquietud que me acosaba como un espíritu malévolo.

Nuestro hermoso navío, de unas cuatrocientas toneladas, había sido construido en Bombay en madera de teca de Malabar con remaches de cobre. Transportaba una carga de algodón en rama y aceite, de las islas Laquevidas. También llevábamos a bordo fibra de corteza de coco, azúcar morena de las Islas Orientales, manteca clarificada de leche de búfalo, granos de cacao y algunos cajones de opio. La carga había sido mal estibada y el barco escoraba.

Zarpamos apenas impulsados por una leve brisa, y durante muchos días permanecimos cerca de la costa oriental de Java, sin otro incidente que quebrara la monotonía de nuestro curso que el ocasional encuentro con los pequeños barquitos de dos mástiles del archipiélago al que nos dirigíamos.

Una tarde, apoyado sobre el pasamanos de la borda de popa, vi hacia el noroeste una nube muy singular y aislada. Era notable, no sólo por su color, sino por ser la primera que veíamos desde nuestra partida de Batavia. La observé con atención hasta la puesta del sol, cuando de repente se extendió hacia este y oeste, ciñendo el horizonte con una angosta franja de vapor y adquiriendo la forma de una larga línea de playa. Pronto atrajo mi atención la coloración de un tono rojo oscuro de la luna, y la extraña apariencia del mar. Éste sufría una rápida transformación y el agua parecía más transparente que de costumbre. Pese a que alcanzaba a ver claramente el fondo, al echar la sonda comprobé que el barco navegaba a quince brazas de profundidad. Entonces el aire se puso intolerablemente caluroso y cargado de exhalaciones en espiral, similares a las que surgen del hierro al rojo. A medida que fue cayendo la noche, desapareció todo vestigio de brisa y resultaba imposible concebir una calma mayor. Sobre la toldilla ardía la llama de una vela sin el más imperceptible movimiento, y un largo cabello, sostenido entre dos dedos, colgaba sin que se advirtiera la menor vibración. Sin embargo, el capitán dijo que no percibía indicación alguna de peligro, pero como navegábamos a la deriva en dirección a la costa, ordenó arriar las velas y echar el ancla. No apostó vigías y la tripulación, compuesta en su mayoría por malayos, se tendió deliberadamente sobre cubierta. Yo bajé... sobrecogido por un mal presentimiento. En verdad, todas las apariencias me advertían la inminencia de un simún. Transmití mis temores al capitán, pero él no prestó atención a mis palabras y se alejó sin dignarse a responderme. Sin embargo, mi inquietud me impedía dormir y alrededor de medianoche subí a cubierta. Al apoyar el pie sobre el último peldaño de la escalera de cámara me sobresaltó un ruido fuerte e intenso, semejante al producido por el giro veloz de la rueda de un molino, y antes de que pudiera averiguar su significado, percibí una vibración en el centro del barco. Instantes después se desplomó sobre nosotros un furioso mar de espuma que, pasando por sobre el puente, barrió la cubierta de proa a popa.

La extrema violencia de la ráfaga fue, en gran medida, la salvación del barco. Aunque totalmente cubierto por el agua, como sus mástiles habían volado por la borda, después de un minuto se enderezó pesadamente, salió a la superficie, y luego de vacilar algunos instantes bajo la presión de la tempestad, se enderezó por fin.

Me resultaría imposible explicar qué milagro me salvó de la destrucción. Aturdido por el choque del agua, al volver en mí, me encontré estrujado entre el mástil de popa y el timón. Me puse de pie con gran dificultad y, al mirar, mareado, a mi alrededor, mi primera impresión fue que nos encontrábamos entre arrecifes, tan tremendo e inimaginable era el remolino de olas enormes y llenas de espuma en que estábamos sumidos. Instantes después oí la voz de un anciano sueco que había embarcado poco antes de que el barco zarpara. Lo llamé con todas mis fuerzas y al rato se me acercó tambaleante. No tardamos en descubrir que éramos los únicos sobrevivientes. Con excepción de nosotros, las olas acababan de barrer todo lo que se hallaba en cubierta; el capitán y los oficiales debían haber muerto mientras dormían, porque los camarotes estaban totalmente anegados. Sin ayuda era poco lo que podíamos hacer por la seguridad del barco y nos paralizó la convicción de que no tardaríamos en zozobrar. Por cierto que el primer embate del huracán destrozó el cable del ancla, porque de no ser así nos habríamos hundido instantáneamente. Navegábamos a una velocidad tremenda, y las olas rompían sobre nosotros. El maderamen de popa estaba hecho añicos y todo el barco había sufrido gravísimas averías; pero comprobamos con júbilo que las bombas no estaban atascadas y que el lastre no parecía haberse descentrado. La primera ráfaga había amainado, y la violencia del viento ya no entrañaba gran peligro; pero la posibilidad de que cesara por completo nos aterrorizaba, convencidos de que, en medio del oleaje siguiente, sin duda, moriríamos. No parecía probable que el justificado temor se convirtiera en una pronta realidad. Durante cinco días y noches completos –en los cuales nuestro único alimento consistió en una pequeña cantidad de melaza que trabajosamente logramos procurarnos en el castillo de proa– la carcasa del barco avanzó a una velocidad imposible de calcular, impulsada por sucesivas ráfagas que, sin igualar la violencia del primitivo simún, eran más aterrorizantes que cualquier otra tempestad vivida por mí en el pasado. Con pequeñas variantes, durante los primeros cuatro días, nuestro curso fue sudeste, y debimos haber costeado Nueva Holanda. Al quinto día el frío era intenso, pese a que el viento había girado un punto hacia el norte. El sol nacía con una enfermiza coloración amarillenta y trepaba apenas unos grados sobre el horizonte, sin irradiar una decidida luminosidad. No había nubes a la vista, y sin embargo el viento arreciaba y soplaba con furia despareja e irregular. Alrededor de mediodía –aproximadamente, porque sólo podíamos adivinar la hora– volvió a llamarnos la atención la apariencia del sol. No irradiaba lo que con propiedad podríamos llamar luz, sino un resplandor opaco y lúgubre, sin reflejos, como si todos sus rayos estuvieran polarizados. Justo antes de hundirse en el mar turgente, su fuego central se apagó de modo abrupto, como por obra de un poder inexplicable. Quedó sólo reducido a un aro plateado y pálido que se sumergía de prisa en el mar insondable.

Esperamos en vano la llegada del sexto día –ese día que para mí no ha llegado y que para el sueco no llegó nunca–. A partir de aquel momento quedamos sumidos en una profunda oscuridad, a tal punto que no hubiéramos podido ver un objeto a veinte pasos del barco. La noche eterna continuó envolviéndonos, ni siquiera atenuada por la fosforescencia brillante del mar a la que nos habíamos acostumbrado en los trópicos. También observamos que, aunque la tempestad continuaba rugiendo con interminable violencia, ya no conservaba su apariencia habitual de olas ni de espuma con las que antes nos envolvía. A nuestro alrededor todo era espanto, profunda oscuridad y un negro y sofocante desierto de ébano. Un terror supersticioso fue creciendo en el espíritu del viejo sueco, y mi propia alma estaba envuelta en un silencioso asombro. Abandonamos todo intento de atender el barco, por considerarlo inútil, y nos aseguramos lo mejor posible a la base del palo de mesana, clavando con amargura la mirada en el océano inmenso. No había manera de calcular el tiempo ni de prever nuestra posición. Sin embargo, teníamos plena conciencia de haber avanzado más hacia el sur que cualquier otro navegante anterior y nos asombró no encontrar los habituales impedimentos de hielo. Mientras tanto, cada instante amenazaba con ser el último de nuestras vidas... olas enormes, como montañas se precipitaban para abatirnos. El oleaje sobrepasaba todo lo que yo hubiera imaginado, y fue un milagro que no zozobráramos instantáneamente. Mi acompañante hablaba de la liviandad de nuestro cargamento y me recordaba las excelentes cualidades de nuestro barco; pero yo no podía menos que sentir la absoluta inutilidad de la esperanza misma, y me preparaba melancólicamente para una muerte que, en mi opinión nada podía demorar ya más de una hora, porque con cada nudo que el barco recorría, el mar negro y tenebroso adquiría más violencia. Por momentos jadeábamos para respirar, elevados a una altura superior a la del albatros... y otras veces nos mareaba la velocidad de nuestro descenso a un infierno acuoso donde el aire se estancaba y ningún sonido turbaba el sopor del «kraken».

Nos encontrábamos en el fondo de uno de esos abismos, cuando un repentino grito de mi compañero resonó horriblemente en la noche. «¡Mire, mire!» exclamó, chillando junto a mi oído, «¡Dios Todopoderoso! ¡Mire! ¡Mire!». Mientras hablaba percibí el resplandor de una luz mortecina y rojiza que recorría los costados del inmenso abismo en que nos encontrábamos, arrojando cierto brillo sobre nuestra cubierta. Al levantar la mirada, contemplé un espectáculo que me heló la sangre. A una altura tremenda, directamente encima de nosotros y al borde mismo del precipicio líquido, flotaba un gigantesco navío, de quizá cuatro mil toneladas. Pese a estar en la cresta de una ola que lo sobrepasaba más de cien veces en altura, su tamaño excedía el de cualquier barco de línea o de la compañía de Islas Orientales. Su enorme casco era de un negro profundo y sucio y no lo adornaban los acostumbrados mascarones de los navíos. Una sola hilera de cañones de bronce asomaba por las portañolas abiertas, y sus relucientes superficies reflejaban las luces de innumerables linternas de combate que se balanceaban de un lado al otro en las jarcias. Pero lo que más asombro y estupefacción nos provocó fue que en medio de ese mar sobrenatural y de ese huracán ingobernable, navegara con todas las velas desplegadas. Al verlo por primera vez sólo distinguimos su proa y poco a poco fue alzándose sobre el sombrío y horrible torbellino. Durante un momento de intenso terror se detuvo sobre el vertiginoso pináculo, como si contemplara su propia sublimidad, después se estremeció, vaciló y... se precipitó sobre nosotros.

En ese instante, no sé qué repentino dominio de mí mismo surgió de mi espíritu. A los tropezones, retrocedí todo lo que pude hacia popa y allí esperé sin temor la catástrofe. Nuestro propio barco había abandonado por fin la lucha y se hundía de proa en el mar. En consecuencia, recibió el impacto de la masa descendente en la parte ya sumergida de su estructura y el resultado inevitable fue que me vi lanzado con violencia irresistible contra los obenques del barco desconocido.

En el momento en que caí, la nave viró y se escoró, y supuse que la consiguiente confusión había impedido que la tripulación reparara en mi presencia. Me dirigí sin dificultad y sin ser visto hasta la escotilla principal, que se encontraba parcialmente abierta, y pronto encontré la oportunidad de ocultarme en la bodega. No podría explicar por qué lo hice. Tal vez el principal motivo haya sido la indefinible sensación de temor que, desde el primer instante, me provocaron los tripulantes de ese navío. No estaba dispuesto a confiarme a personas que, a primera vista me producían una vaga extrañeza, duda y aprensión. Por lo tanto consideré conveniente encontrar un escondite en la bodega. Lo logré moviendo una pequeña porción de la armazón, y así me aseguré un refugio conveniente entre las enormes cuadernas del buque.

Apenas había completado mi trabajo cuando el sonido de pasos en la bodega me obligó a hacer uso de él. Junto a mi escondite pasó un hombre que avanzaba con pasos débiles y andar inseguro. No alcancé a verle el rostro, pero tuve oportunidad de observar su apariencia general. Todo en él denotaba poca firmeza y una avanzaba edad. Bajo el peso de los años le temblaban las rodillas, y su cuerpo parecía agobiado por una gran carga. Murmuraba en voz baja, como hablando consigo mismo, pronunciaba palabras entrecortadas en un idioma que yo no comprendía y empezó a tantear una pila de instrumentos de aspecto singular y de viejas cartas de navegación que había en un rincón. Su actitud era una extraña mezcla de la terquedad de la segunda infancia y la solemne dignidad de un Dios. Por fin subió nuevamente a cubierta y no lo volví a ver.

* * *

Un sentimiento que no puedo definir se ha posesionado de mi alma; es una sensación que no admite análisis, frente a la cual las experiencias de épocas pasadas resultan inadecuadas y cuya clave, me temo, no me será ofrecida por el futuro. Para una mente como la mía, esta última consideración es una tortura. Sé que nunca, nunca, me daré por satisfecho con respecto a la naturaleza de mis conceptos. Y sin embargo no debe asombrarme que esos conceptos sean indefinidos, puesto que tienen su origen en fuentes totalmente nuevas. Un nuevo sentido... una nueva entidad se incorpora a mi alma.

* * *

Hace ya mucho tiempo que recorrí la cubierta de este barco terrible, y creo que los rayos de mi destino se están concentrando en un foco. ¡Qué hombres incomprensibles! Envueltos en meditaciones cuya especie no alcanzo a adivinar, pasan a mi lado sin percibir mi presencia. Ocultarme sería una locura, porque esta gente *no quiere ver*. Hace pocos minutos pasé directamente frente a los ojos del segundo oficial; no hace mucho que me aventuré a entrar a la cabina privada del capitán, donde tomé los elementos con que ahora escribo y he escrito lo anterior. De vez en cuando continuaré escribiendo este diario. Es posible que no pueda encontrar la oportunidad de darlo a conocer al mundo, pero trataré de lograrlo. En el último momento, introduciré el mensaje en una botella y la arrojaré al mar.

* * *

Ha ocurrido un incidente que me proporciona nuevos motivos de meditación. ¿Ocurren estas cosas por fuerza de un azar sin gobierno? Me había aventurado a cubierta donde estaba tendido, sin llamar la atención, entre una pila de flechaduras y viejas velas, en el fondo de una balandra. Mientras meditaba en lo singular de mi destino, inadvertidamente tomé un pincel mojado en brea y pinté los bordes de una vela arrastradera cuidadosamente doblada sobre un barril, a mi lado. La vela ha sido izada y las marcas irreflexivas que hice con el pincel se despliegan formando la palabra *descubrimiento.*

Últimamente he hecho muchas observaciones sobre la estructura del navío. Aunque bien armado, no creo que sea un barco de guerra. Sus jarcias, construcción y equipo en general, contradicen una suposición semejante. Alcanzo a percibir con facilidad lo que el navío *no es*, pero me temo no poder afirmar lo que *es*. Ignoro por qué, pero al observar su extraño modelo y la forma singular de sus mástiles, su enorme tamaño y su excesivo velamen, su proa severamente sencilla y su popa anticuada, de repente cruza por mi mente una sensación de cosas familiares y con esas sombras imprecisas del recuerdo siempre se mezcla la memoria de viejas crónicas extranjeras y de épocas remotas.

He estado estudiando el maderamen de la nave. Ha sido construida con un material que me resulta desconocido. Las características peculiares de la madera me dan la impresión de que no es apropiada para el propósito al que se la aplicara. Me refiero a su extrema *porosidad*, independientemente considerada de los daños ocasionados por los gusanos, que son una consecuencia de navegar por estos mares, y de la podredumbre provocada por los años. Tal vez la mía parezca una observación excesivamente insólita, pero esta madera posee todas las características del roble español, en el caso de que el roble español fuera dilatado por medios artificiales.

Al leer la frase anterior, viene a mi memoria el apotegma que un viejo lobo de mar holandés repetía siempre que alguien ponía en duda su veracidad. «Tan seguro es, como que hay un mar donde el barco mismo crece en tamaño, como el cuerpo viviente del marino.»

Hace una hora tuve la osadía de mezclarme con un grupo de tripulantes. No me prestaron la menor atención y, aunque estaba parado en medio de todos ellos, parecían absolutamente ignorantes de mi presencia. Lo mismo que el primero que vi en la bodega, todos daban señales de tener una edad avanzada. Les temblaban las rodillas achacosas; la decrepitud les inclinaba los hombros; el viento estremecía sus pieles arrugadas; sus voces eran bajas, trémulas y quebradas; en sus ojos brillaba el lagrimeo de la vejez y la tempestad agitaba terriblemente sus cabellos grises. Alrededor de ellos, por toda la cubierta, yacían desparramados instrumentos matemáticos de la más pintoresca y anticuada construcción.

Hace un tiempo mencioné que había sido izada un ala del trinquete. Desde entonces, desbocado por el viento, el barco ha continuado su aterradora carrera hacia el sur, con todas las velas desplegadas desde la punta de los mástiles hasta los botalones inferiores, hundiendo a cada instante sus penoles en el más espantoso infierno de agua que pueda concebir la mente de un hombre. Acabo de abandonar la cubierta, donde me resulta imposible mantenerme en pie, pese a que la tripulación parece experimentar pocos inconvenientes. Se me antoja un milagro de milagros que nuestra enorme masa no sea definitivamente devorada por el mar. Sin duda estamos condenados a flotar indefinidamente al borde de la eternidad sin precipitarnos por fin en el abismo. Remontamos olas mil veces más gigantescas que las que he visto en mi vida, por las que nos deslizamos con la facilidad de una gaviota; y las aguas colosales alzan su cabeza sobre nosotros como demonios de las profundidades, pero como demonios limitados a la simple amenaza y a quienes les está prohibido destruir. Todo me lleva a atribuir esta continua huida del desastre a la única causa natural que puede producir ese efecto. Debo suponer que el barco navega dentro de la influencia de una corriente poderosa, o de un impetuoso mar de fondo.

He visto al capitán cara a cara, en su propia cabina, pero, tal como esperaba, no me prestó la menor atención. Aunque para un observador casual no haya en su apariencia nada que pueda diferenciarlo, en más o menos, de un hombre común, al asombro con que lo contemplé se mezcló un sentimiento de incontenible reverencia y respeto. Tiene aproximadamente mi estatura, es decir cinco pies y ocho pulgadas. Su cuerpo es sólido y bien proporcionado, ni robusto ni particularmente notable en ningún sentido. Pero es la singularidad de la expresión que reina en su rostro... es la intensa, la maravillosa, la emocionada evidencia de una vejez tan absoluta, tan extrema, lo que excita en mi espíritu una sensación... un sentimiento inefable. Su frente, aunque poco arrugada, parece soportar el sello de una miríada de años. Sus cabellos grises son una historia del pasado, y sus ojos, aún más grises, son sibilas del futuro. El suelo de la cabina estaba cubierto de extraños pliegos de papel unidos entre sí por broches de hierro, y de arruinados instrumentos científicos y obsoletas cartas de navegación en desuso. Con la cabeza apoyada en las manos, el capitán contemplaba con mirada inquieta un papel que supuse sería una comisión y que, en todo caso, llevaba la firma de un monarca. Murmuraba para sí, igual que el primer tripulante a quien vi en la bodega, sílabas obstinadas de un idioma extranjero, y aunque se encontraba muy cerca de mí, su voz parecía llegar a mis oídos desde una milla de distancia.

El barco y todo su contenido está impregnado por el espíritu de la vejez. Los tripulantes se deslizan de aquí para allá como fantasmas de siglos ya enterrados; sus miradas reflejan inquietud y ansiedad, y cuando el extraño resplandor de las linternas de combate ilumina sus dedos, siento lo que no he sentido nunca, pese a haber comerciado la vida entera en antigüedades y absorbido las sombras de columnas caídas en Baalbek, en Tadmor y en Persépolis, hasta que mi propia alma se convierte en una ruina.

Al mirar a mi alrededor, me avergüenzan mis anteriores aprensiones. Si temblé ante la ráfaga que nos ha perseguido hasta ahora, ¿cómo no horrorizarme ante un asalto de viento y mar para definir los cuales las palabras tornado y simún resultan triviales e ineficaces? En la vecindad inmediata del navío reina la negrura de la noche eterna y un caos de agua sin espuma; pero aproximadamente a una legua a cada lado de nosotros alcanzan a verse, oscuramente y a intervalos, imponentes murallas de hielo que se alzan hacia el cielo desolado y que parecen las paredes del Universo.

Como imaginaba, el barco sin duda está en una corriente; si así se puede llamar con propiedad a una marea que aullando y chillando entre las blancas paredes de hielo se precipita hacia el sur con la velocidad con que cae una catarata.

Presumo que es absolutamente imposible concebir el horror de mis sensaciones; sin embargo, la curiosidad por penetrar en los misterios de estas regiones horribles predomina sobre mi desesperación y me reconciliará con la más odiosa apariencia de la muerte. Es evidente que nos precipitamos hacia algún conocimiento apasionante, un secreto imposible de compartir, cuyo descubrimiento lleva en sí la destrucción. Tal vez esta corriente nos conduzca hacia el mismo polo sur. Debo confesar que una suposición en apariencia tan extravagante tiene todas las probabilidades a su favor.

La tripulación recorre la cubierta con pasos inquietos y trémulos; pero en sus semblantes la ansiedad de la esperanza supera a la apatía de la desesperación.

Mientras tanto, seguimos navegando con viento de popa y como llevamos todas las velas desplegadas, por momentos el barco se eleva por sobre el mar. ¡Oh, que horror de horrores! De repente el hielo se abre a derecha e izquierda y giramos vertiginosamente en inmensos círculos concéntricos, rodeando una y otra vez los bordes de un gigantesco anfiteatro, el ápice de cuyas paredes se pierde en la oscuridad y la distancia. ¡Pero me queda poco tiempo para meditar en mi destino! Los círculos se estrechan con rapidez ... nos precipitamos furiosamente en la vorágine ... y entre el rugir, el aullar y el atronar del océano y de la tempestad, el barco trepida ... ¡oh, Dios! ... ¡y se hunde ... !

LIGEIA

Y allí adentro yace la voluntad que no muere. ¿Quién conoce los misterios de la voluntad y su vigor? Porque Dios no es más que una gran voluntad que penetra todas las cosas por la esencia de su intensidad. El hombre no se doblega ante los ángeles, ni se entrega por completo a la muerte, sino por la flaqueza de su débil voluntad.

JOSEPH GLANVILL

Por mi alma no logro recordar cómo, cuándo, ni siquiera precisamente dónde conocí a lady Ligeia. Desde entonces han transcurrido largos años y los profundos sufrimientos debilitaron mi memoria. O tal vez no pueda ahora recordar esos detalles porque, en verdad, el carácter de mi amada, su rara erudición, su singular pero plácida belleza y la emocionante y avasalladora elocuencia de su lenguaje profundo y musical se abrieron camino hasta mi corazón con pasos tan constantes, tan cautelosamente progresivos, que me pasaron inadvertidos e ignorados. Sin embargo, creo haberla conocido y visto con más frecuencia, en una vasta, antigua y ruinosa ciudad cerca del Rin. Seguramente la oí hablar de su familia. No cabe duda de que su estirpe era de antiquísima data. ¡Ligeia, Ligeia! Enfrascado en estudios de una naturaleza tal que aíslan como ninguna otra cosa las impresiones del mundo exterior, sólo por esa dulce palabra –Ligeia– surge ante los ojos de mi fantasía la imagen de aquella que ya no existe. Y ahora, mientras escribo, me asalta como un relámpago el recuerdo de que *nunca conocí* el apellido de aquella que fuera mi amiga y prometida, que se convirtiera en mi compañera de estudios y por último, en la esposa de mi corazón. ¿Fue una juguetona orden por parte de mi

Ligeia? ¿O para poner a prueba la fuerza de mi afecto que me estaba prohibido interrogar sobre ese tema? ¿O más bien, un capricho mío, una ofrenda locamente romántica en el altar de la devoción más apasionada? Sólo recuerdo confusamente el hecho en sí... ¿por qué va a sorprender que haya olvidado por completo las circunstancias que lo originaron o lo acompañaron? Y en efecto, si alguna vez ese espíritu llamado Romance, si alguna vez ella, la pálida Ashtophet del Egipto idólatra, con sus alas brumosas, había presidido, como dicen, los matrimonios fatídicos, entonces sin duda alguna presidieron el mío.

Sin embargo, existe un tema muy precioso en el cual mi memoria no falla. Es la *persona* de Ligeia. Era de alta estatura, algo delgada y, en sus últimos días, casi descarnada. Sería en vano tratar de pintar la majestad, la silenciosa serenidad de su porte, y la impenetrable ligereza y elasticidad de su paso. Entraba y salía como una sombra. Yo nunca advertía su llegada a mi estudio cerrado hasta que no oía la querida música de su voz profunda y dulce, cuando apoyaba su mano marmórea sobre mi hombro. Ningún rostro de mujer igualó jamás la belleza del suyo. Era el resplandor de un sueño de opio, una visión etérea y exaltante, más salvajemente divina que las fantasías que se cernían sobre las almas adormecidas de las hijas de Delos. Sin embargo sus facciones carecían de esa forma regular que falsamente nos han enseñado a adorar en las obras clásicas de los paganos. «No hay belleza exquisita» dice Bacon, lord Verulam, hablando con veracidad de todas las formas y *genera* de la hermosura, «sin algo *extraño* en las proporciones». Sin embargo, pese a que yo veía que las facciones de Ligeia no poseían una regularidad clásica, pese a que percibía que su belleza era, en verdad, «exquisita» y que veía mucho de «extraño» en ella, en vano he tratado de detectar la irregularidad y de rastrear mi propia percepción de lo «extraño».

Examiné el contorno de su frente, alta y pálida: era impecable –¡qué fría es, en realidad, esa palabra cuando se aplica a una majestad tan divina!– por la piel que rivalizaba con el más puro marfil, por la soberbia amplitud y la calma, suave prominencia de las zonas por encima de las sienes; y después el cabello, negro como ala de cuervo, brillante, tupido, y naturalmente ondulado, que demostraba toda la fuerza del epíteto homérico: «cabellera de jacinto». Miraba las delicadas líneas de la nariz y sólo en los graciosos medallones de los hebreos he visto una perfección semejante. Allí veía la misma superficie suave, la misma tendencia casi imperceptible a ser aguileña, las mismas aletas armoniosamente curvas que exteriorizaban la libertad de su espíritu. Observaba la dulce boca. Allí estaba, por cierto, el triunfo de todas las cosas celestiales: la espléndida ondulación del breve labio superior, la suave, voluptuosa quietud del inferior, los hoyuelos juguetones y el color expresivo, los dientes que reflejaban con un brillo casi sorprendente cada rayo de luz bendita que caía sobre ellos en una sonrisa serena y plácida y sin embargo la más radiante y alborozada de todas las sonrisas. Estudiaba la forma del mentón, y ahí también encontraba la noble generosidad, la suavidad y la majestad, la plenitud y la espiritualidad de los griegos, el contorno que el dios Apolo sólo reveló en sueños a Cleomenes, el hijo del ateniense. Y entonces escudriñaba los grandes ojos de Ligeia.

Para los ojos no existen modelos en la remota antigüedad. Pudo haber sido, también, que en esos ojos de mi bien amada yaciera el secreto al que alude lord Verulam. Debo creer que eran mucho más grandes que los ojos comunes en la gente de nuestra raza. Eran aún más grandes que los de las gacelas de la tribu del valle de Nourjahad. Pero sólo a intervalos, en los momentos de intensa excitación, se hacía más notable esa peculiaridad de Ligeia. Y en esos momentos, su belleza –tal vez eso me pareciera en mi ardiente fantasía– era la belleza de los seres que están por encima o fuera de la tierra, la belleza de la fabulosa hurí de los turcos. Las pupilas eran de un negro brillante y azabache, y por sobre ellos, pendían pestañas muy largas y oscuras. Las cejas, de dibujo levemente irregular, eran del mismo color. Sin embargo, lo «extraño» que encontraba en sus ojos no tenía relación con la forma, ni con el color, ni con el brillo, y en definitiva debía referirse a la *expresión*. ¡Ah, palabra sin sentido, tras cuya vasta latitud de simple sonoridad atrincheramos nuestra ignorancia de lo espiritual! ¡La expresión de los ojos de Ligeia! ¡Cuántas horas he meditado sobre ella! ¡Cómo he luchado, a lo largo de noches enteras de verano, por desentrañarla! ¿Qué era aquello, más profundo que el pozo de Demócrito, que yacía en lo hondo de las pupilas de mi amada? ¿Qué era? Estaba poseído por la pasión de descubrirlo. ¡Aquellos ojos! ¡Aquellas grandes, aquellas resplandecientes, aquellas divinas pupilas! Llegaron a ser para mí las estrellas gemelas de Leda, y yo, para ellas, el más devoto de los astrólogos.

Entre las muchas anomalías incomprensibles de la psicología, no hay punto más emocionantemente excitante que el hecho –nunca, creo, advertido en las escuelas– de que en nuestros esfuerzos por traer a la memoria algo largo tiempo olvidado, con frecuencia nos encontramos *al borde mismo* del recuerdo, sin poder, al fin, recordar. Y así, cuántas veces, al estudiar con intensidad los ojos de Ligeia sentí que me acercaba al conocimiento total de su expresión, sentí que se me acercaba, sin embargo, aún no era totalmente mío y así, al fin, desaparecía por completo. Y extraño (¡oh, el más extraño de todos los misterios!) encontraba en los objetos más comunes del Universo un círculo de analogías con esa expresión. Quiero decir que, después del período en que la belleza de Ligeia pasó a mi espíritu, donde moraba como en un santuario, yo extraía de muchos objetos del mundo material, un sentimiento parecido al que provocaban en mi interior sus grandes y luminosas pupilas. Pero no por ello pude definir ese sentimiento, ni analizarlo, ni verlo con perspectiva. Lo reconocía a veces, permítaseme repetirlo, en una viña de rápido crecimiento, en la contemplación de una polilla, una mariposa, una crisálida, un arroyo. Lo he sentido en el océano, en la caída de un meteoro. Lo he sentido en la mirada de personas particularmente ancianas. Y hay una o dos estrellas en el cielo (especialmente una, de sexta magnitud, doble y cambiante, que puede ser encontrada cerca de la gran estrella de Lira), que, al mirarlas por el telescopio, me han inspirado el mismo sentimiento. He sido colmado por él con ciertos sonidos de instrumentos de cuerdas y, con cierta frecuencia, por pasajes de ciertos libros. Entre otros innumerables ejemplos, recuerdo bien algo de un volumen de Joseph Glanvill, que (quizá simplemente por su exquisitez, ¿quién sabe?) nunca ha dejado de inspirarme ese sentimiento. «Y allí dentro yace lo que no muere. ¿Quién conoce los misterios de la voluntad, y su vigor? Pues Dios no es sino una gran voluntad que ocupa todas las cosas por obra de su intensidad. El hombre no se doblega a los ángeles, ni cede por completo a la muerte, sino salvo por la flaqueza de su débil voluntad.»

Largos años y subsecuentes reflexiones, me han permitido rastrear, sin duda, cierta remota conexión entre este pasaje del moralista inglés y una fase del carácter de Ligeia. Una intensidad de pensamiento, acción o palabra fue posiblemente, en ella, el resultado, o por lo menos un indicio de esa gigantesca voluntad que, durante nuestras prolongadas relaciones, no dio otras y más inmediatas pruebas de su existencia. De entre todas las mujeres que he conocido jamás, ella, la de apariencia tranquila, la siempre plácida Ligeia, era la presa más violenta de los buitres tumultuosos de la dura pasión. Y tal pasión no tenía yo manera de medir, salvo por el milagroso dilatarse de aquellos ojos que tanto me deleitaban y aterrorizaban a la vez, por la melodía casi mágica, la modulación, la claridad y la placidez de su voz tan profunda, y por la ardiente energía (doblemente eficaz por contraste con su manera de articularlas) de las palabras vehementes que por lo general pronunciaba.

He hablado de la cultura de Ligeia: era inmensa, tal como nunca la he conocido en una mujer. Era una experta en lenguas clásicas y, en la medida de mis conocimientos sobre los dialectos modernos de Europa, nunca la encontré en falta. En verdad, en cualquier tema de la más admirada (simplemente por ser la más abstrusa) erudición académica, ¿descubría alguna vez en falta a Ligeia? ¡Qué singular! ¡Qué emocionante que este aspecto de la naturaleza de mi esposa, haya ahora llamado mi atención en el último período! Dije que su cultura era tal como jamás la he conocido en mujer alguna, ¿pero dónde está el hombre que ha cruzado, y con éxito, todo el amplio espectro de las ciencias morales, físicas y matemáticas? No vi entonces lo que ahora percibo con claridad: que las adquisiciones de Ligeia eran gigantescas, eran asombrosas; sin embargo, yo tenía suficiente conciencia de su infinita superioridad para someterme, con una confianza infantil, a su guía a través del caótico mundo de la investigación metafísica, de la cual me ocupé activamente durante los primeros años de nuestro matrimonio. ¡Con qué enorme sensación de triunfo, con qué vívido deleite, con cuánto de todo lo que tiene de etéreo la esperanza, *sentía* yo, cuando ella emprendía conmigo estudios poco frecuentes, poco conocidos; esa deliciosa perspectiva que se expandía lentamente ante mí, por cuyas largas, espléndidas y no holladas sendas donde podía al fin alcanzar la meta de una sabiduría demasiado divina, demasiado preciosa para no ser una sabiduría prohibida!

¡Qué punzante, entonces, debe haber sido el dolor con que, después de algunos años, vi que mis bien fundadas expectativas cobraban alas y emprendían vuelo! Sin Ligeia yo era apenas un niño a tientas en la oscuridad. Su sola presencia, sus conocimientos, arrojaban una vívida luminosidad sobre los muchos misterios del transcendentalismo en los cuales estábamos inmersos. Con la ausencia del brillo radiante de sus ojos, esas páginas ligeras y doradas, se tornaron más opacas que el plomo saturnino. Y ahora aquellos ojos brillaban cada vez con menos frecuencia sobre esas páginas en las que yo meditaba. Ligeia cayó enferma. Sus ojos vehementes brillaban con un fulgor demasiado, demasiado glorioso; los dedos pálidos adquirieron la transparencia cerúlea de la tumba y las venas azules de su frente alta latían impetuosamente ante los altibajos de la más ligera emoción. Vi que debía morir, y luché desesperadamente en espíritu con el torvo Azrael. Y las luchas de la apasionada esposa eran, para mi sorpresa, aún más enérgicas que las mías. Muchos atributos de su carácter severo me habían convencido de que, para ella, la muerte llegaría sin sus terrores; pero no fue así. Las palabras son impotentes para transmitir una leve idea de la salvaje resistencia con que luchó contra la Sombra. Yo gemía de angustia ante el lamentable espectáculo. Hubiera querido tranquilizarla, hubiera querido razonar, pero en la intensidad de su deseo de vivir, de vivir, *sólo* de vivir, el consuelo y la razón eran el colmo de la locura. Sin embargo, sólo en la última instancia, en medio de las convulsiones más violentas de su espíritu indómito, se conmovió la placidez exterior de su semblante. Su voz se tornó más suave, más profunda, sin embargo, yo no quería demorarme en el extraño significado de las palabras pronunciadas con tranquilidad. Mi mente vacilaba al escuchar, como en un trance, una melodía sobrehumana, conjeturas y aspiraciones hasta entonces desconocidas por la Humanidad.

No debía haber dudado de que me amaba; y fácilmente pude haber comprendido que en un pecho como el suyo, el amor no reinaría como una pasión ordinaria. Pero sólo en la muerte, llegué al completo conocimiento de la fuerza de su afecto. Durante largas horas, reteniendo mi mano, volcaba ante mí el desborde de un corazón cuya devoción más que apasionada, llegaba a la idolatría. ¿Cómo había merecido yo ser así bendecido por tales confesiones? ¿Cómo había merecido la maldición de que mi amada me fuese arrebatada en el momento de hacérmelas? Pero no soporto extenderme en este tema. Sólo permítaseme decir que, en el abandono más que femenino de Ligeia al amor, ¡ay! completamente inmerecido, indignamente otorgado, pude reconocer el origen de su anhelo, tan impetuosamente sincero de una vida que ahora se le escapaba con tanta rapidez. Ese anhelo salvaje, esa ansiosa vehemencia con que deseaba la vida, por la *vida misma,* es lo que no soy capaz de pintar, lo que no tengo palabras para expresar.

La medianoche de su partida, me llamó perentoriamente a su lado y me pidió que repitiera ciertos versos compuestos por ella pocos días antes. La obedecí. Eran éstos:

¡Mirad! Es noche de gala
en los últimos años solitarios
un tropel de ángeles alados
ataviados con velos, ahogados entre lágrimas
miran en un teatro
un drama de temores y esperanza
mientras la orquesta sopla caprichosa
la música inicial de las esferas.

Mimos con la forma de Dios en las alturas
susurran y musitan quedamente

meros títeres son que van y vienen
al reclamo de informes, vastas cosas
que cambian todo el tiempo el escenario
y vierten en su batir de alas gigantescas
un invisible sufrimiento.

Creedlo, este múltiple drama
con su fantasma seguido eternamente
por una multitud que no lo alcanza
en un círculo siempre de regreso
a idéntico lugar
y mucho más locura y más pecado
y horror es el alma de la intriga.

Mas ved entre el tropel de mimos
una forma que repta y se insinúa
en el solo escenario
se retuerce y retuerce con tormentos mortales
los mimos se convierten en su presa
destilan sangre humana sus colmillos
mientras lloran los ángeles.

Apáganse las luces, todas, todas,
y sobre cada forma temblorosa.
Como fúnebre paño el telón cae
y los ángeles pálidos, exangües
se levantan despojados de velos
afirmando: La tragedia es el Hombre
y su héroe, el Gusano vencedor.

–¡Oh, Dios! –aulló casi Ligeia poniéndose de pie de un salto y tendiendo los brazos al cielo con un movimiento espasmódico, al llegar yo al final de esos versos–. ¡Oh, Dios!

¡Oh, Padre Celestial! ¿Estas cosas serán constantemente así? ¿El Vencedor no será alguna vez vencido? ¿No somos una parte, una parcela en Ti? ¿Quién, quién conoce los misterios de la voluntad y su vigor? El hombre no se doblega ante los ángeles, *ni se entrega por completo a la muerte*, sino por la flaqueza de su débil voluntad.

Y entonces, como extenuada por la emoción, dejó caer sus blancos brazos y regresó solemnemente a su lecho de muerte. Y mientras lanzaba sus últimos suspiros, mezclado con ellos, de sus labios surgió un suave murmullo. Acerqué el oído y distinguí de nuevo las palabras finales del pasaje de Glanvill: «*El hombre no se doblega ante los ángeles, ni se entrega por completo a la muerte, sino por la flaqueza de su débil voluntad.*»

Murió; y yo, desplomado por el dolor no pude soportar más la solitaria desolación de mi morada en la sombría y ruinosa ciudad a orillas del Rin. No me faltaba aquello que el mundo llama fortuna. Ligeia me había legado más, mucho más de lo que por lo común le toca en suerte a los mortales. Por lo tanto, después de unos meses de tedioso vagabundeo, sin rumbo, compré y restauré en parte una abadía, que no nombraré, en una de las zonas más agrestes y menos frecuentadas de la dulce Inglaterra. La sombría y triste grandeza del edificio, el aspecto casi salvaje de la propiedad, los numerosos recuerdos, melancólicos y venerables vinculados con ambos, tenían mucho en común con la sensación de absoluto abandono que me había llevado a esa remota y solitaria región del país. Sin embargo, aunque el exterior de la abadía con su aspecto ruinoso y cubierto de musgo sufrió pocas alteraciones, me dediqué con infantil perversidad y tal vez con la débil esperanza de aliviar mis penas, a decorar su interior con magnificencias plenas de realeza. Desde la infancia, siempre había sentido gusto por esas tonterías que entonces volvieron a mí como una compensación para el dolor. ¡Ay, ahora comprendo cuánta incipiente locura podía haberse percibido en los suntuosos y fantásticos tapices, en las solemnes tallas egipcias, en las extrañas cornisas y muebles, en los vasánicos diseños de las alfombras recamadas en oro! Me había convertido en un esclavo preso en las redes del opio y mis trabajos y mis procedimientos adquirieron el color de mis sueños. Pero no debo detenerme en detallar esos absurdos. Permítaseme hablar tan sólo de esa única habitación, por siempre maldita, donde en un momento de enajenación mental conduje al altar como mi esposa, –como sucesora de la inolvidable Ligeia– a lady Rowena Trevanion, de Tremaine, la de rubios cabellos y ojos azules.

No hay detalle de la arquitectura y la decoración de esa cámara nupcial que no aparezca ahora claramente visible ante mis ojos. ¿Dónde estaba el alma de la orgullosa familia de la novia, cuando por su sed de oro, permitió que una doncella, una hija tan querida transpusiera el umbral de un aposento *tan* adornado? He dicho que recuerdo minuciosamente los detalles del cuarto –yo, el tristemente olvidadizo de cosas de profunda importancia– y allí no existía sistema, no existía orden en la fantástica exhibición para permitirme retenerla en la memoria. La habitación estaba en una alta torre de la abadía fortificada, era espaciosa y de forma pentagonal. La única ventana ocupaba toda la pared sur del pentágono –un inmenso paño de cristal de Venecia– de una sola pieza y un tono plomizo, de modo que los rayos del sol o de la luna, al atravesarlo, caían con un brillo horrible sobre los objetos del interior. Por sobre la parte superior de esa ventana inmensa, se extendía el enrejado de una antigua vid que trepaba por los macizos muros de la torre. El techo, de roble de sombrío aspecto, era excesivamente alto, abovedado y elaboradamente decorado con los motivos más extravagantes y grotescos, de un estilo semigótico, semidruídico. Del mismo centro de esa melancólica bóveda colgaba, de una sola cadena de oro de largos eslabones, un inmenso incensario del mismo metal, de estilo sarraceno, con múltiples perforaciones distribuidas de modo tal que a través de ellas, como dotadas de la vitalidad de una serpiente, entraban y salían, en sucesión continua, una serie de llamas multicolores.

Algunas otomanas y candelabros dorados, de diseño oriental, se hallaban distribuidos por el cuarto, y también había un lecho –el lecho nupcial– de modelo indio, bajo, esculpido en ébano macizo, cubierto por un baldaquino en forma de manto mortuorio. En cada uno de los ángulos del cuarto se veía un gigantesco sarcófago de granito negro, procedente de las tumbas de los reyes erigidas frente a Luxor, con sus antiguas tapas cubiertas por arcaicas tallas. Pero la fantasía más importante de todas se hallaba, ¡ay! en las colgaduras del cuarto. Los elevados muros, de altura gigantesca –hasta el punto de ser desproporcionados–, estaban cubiertos de techo a piso, en vastos pliegues, por una pesada e imponente tapicería, tapicería de un material idéntico al de la alfombra que cubría el piso, el tapizado de las otomanas, a la colcha del lecho de ébano, del baldaquino y de las espléndidas volutas de los cortinados que oscurecían parcialmente la ventana. Este material era el más suntuoso paño de oro, íntegramente cubierto, a intervalos irregulares, por figuras de arabescos de alrededor de un pie de diámetro y trabajados sobre la tela en dibujos de un negro azabache. Pero esas figuras sólo adquirían el verdadero carácter de arabescos cuando se las miraba desde un ángulo determinado. Por medio de un procedimiento hoy común, que en verdad puede rastrearse ya en períodos muy antiguos su aspecto era variable. Para aquél que entraba en la habitación adquirían la apariencia de simples monstruosidades, pero, al ir avanzando, esa apariencia se esfumaba gradualmente; y paso a paso, a medida que el visitante se movía por el cuarto, se hallaba rodeado por una interminable sucesión de formas horrendas, pertenecientes a la superstición de los normandos o nacidas en los sueños culpables de los monjes. El efecto fantasmagórico se veía enormemente intensificado por la introducción artificial de una fuerte y continua corriente de aire detrás de las colgaduras, que producía una odiosa e inquietante animación al conjunto.

Entre esos muros, en una cámara nupcial como ésa, pasé con lady de Tremaine las licenciosas horas del primer mes de nuestro matrimonio, y las pasé sin mucha inquietud. No pude menos que percibir que mi esposa temía mi carácter violentamente malhumorado, que me evitaba y me amaba muy poco; pero me daba más placer que otra cosa. Yo la detestaba con un odio más digno de un demonio que de un hombre. Mis recuerdos retrocedían (¡oh, con qué intensa pesadumbre!) hacia Ligeia, la bienamada, la augusta, la hermosa, la sepultada. Me deleitaba en el recuerdo de su pureza, de su sabiduría, de su elevada y etérea naturaleza, de su amor apasionado, de su idolatría. Ahora mi espíritu ardía plena y libremente, con más intensidad que el suyo. En la excitación de mis sueños de opio (pues me hallaba habitualmente encadenado por los grillos de la droga) gritaba su nombre en el silencio de la noche, o de día en el santuario del valle estrecho y encerrado, como si a través de esa salvaje ansiedad, con la solemne pasión, con el fuego devorador de mi deseo por la desaparecida, pudiera restituirla a la senda que había abandonado –¡ah! *¿sería posible* que fuese para siempre?– sobre la tierra.

A comienzos del segundo mes de nuestro matrimonio, lady Rowena fue atacada por una repentina enfermedad, de la que se repuso con lentitud. La fiebre que la consumía desasosegaba sus noches, y en su inquieto estado de entresueño hablaba de sonidos, de movimientos, que se producían dentro y en los alrededores de la habitación de la torre. Llegué a la conclusión que no tenían otro origen que los extravíos de su imaginación, o tal vez la fantasmagórica influencia de la habitación misma. Por fin entró en la convalecencia, y finalmente sanó. Sin embargo, después de un breve período, un segundo y más violento trastorno la arrojó nuevamente a su lecho de dolor; y de este ataque, su cuerpo, en todo momento débil, nunca se recuperó por completo. Después de esta época, sus enfermedades fueron de carácter alarmante, y de una recurrencia más alarmante aún, que desafiaban los conocimientos y los grandes esfuerzos de los médicos. Con el recrudecimiento de una enfermedad crónica, que parecía haber invadido de tal modo su organismo –hasta el punto de que no era posible erradicarla por medios humanos– no pude menos que observar un similar aumento en la irritación nerviosa de su temperamento y en su excitación causada por motivos triviales de miedo. Volvió a hablar, y ahora con más frecuencia y pertinacia, de los sonidos, de los leves sonidos y de los movimientos insólitos de las colgaduras, a los cuales aludí anteriormente.

Una noche, cerca de fines de septiembre, insistió en hablarme sobre ese tema angustioso con más énfasis que de costumbre. Acababa de despertar de un inquieto sopor y yo había estado observando, con una mezcla de ansiedad y de vago terror, los gestos de su semblante descarnado. Me senté junto a su lecho de ébano, en una de las otomanas de la India. Se incorporó a medias y habló, en un susurro sincero y bajo, de los sonidos que *estaba oyendo* y yo no alcanzaba a oír, de los movimientos que *estaba viendo* y yo no alcanzaba a percibir. El viento soplaba con fuerza detrás de las colgaduras, y quise demostrarle (lo que, permítaseme confesar, yo mismo no creía *del todo*) que aquellos suspiros casi inarticulados y aquellas muy leves variaciones de las figuras de la pared, no eran más que los efectos naturales de las habituales corrientes de aire. Pero la mortal palidez que se extendía por su rostro, me demostró que mis esfuerzos por tranquilizarla serían infructuosos. Parecía a punto de desmayarse y no había criados a quienes recurrir. Recordé dónde guardaba un botellón de vino ligero que le había sido recetado por el médico, y me apresuré a cruzar el cuarto en su busca. Pero al pasar bajo la luz del incensario, dos circunstancias de índole sorprendente me llamaron la atención. Sentía que algún objeto palpable, aunque invisible, acababa de rozar levemente mi cuerpo y en la alfombra dorada, en el centro mismo del rico resplandor que arrojaba el incensario, vi una sombra, una leve e indefinida sombra de una sombra. Pero yo estaba enloquecido de excitación a causa de una inmoderada dosis de opio; hice poco caso de estas cosas y no hablé de ellas con Rowena. Una vez que encontré el vino, volví a cruzar la habitación, y llené un vaso que llevé a los labios de la dama al borde del desvanecimiento. Sin embargo, ella ya se había recobrado un poco y tomó el vaso en sus manos, mientras yo me dejaba caer en la otomana más próxima, con la mirada clavada en ella. Fue entonces cuando tuve clara conciencia de un paso suave sobre la alfombra y cerca del lecho; y un instante después, cuando Rowena se llevaba el vaso a los labios, vi, o pude haber soñado que vi caer dentro del vaso, como brotadas de un invisible surtidor en la atmósfera del cuarto, tres o cuatro grandes gotas de un fluido brillante, color rubí. Si esto vi, no sucedió lo mismo con Rowena. Bebió el vino sin vacilar, y yo me abstuve de hablarle de una circunstancia que no debía ser, consideré, más que fruto de la sugestión de una mente excitada, cuya mórbida actividad era aumentada por el terror de mi mujer, el opio y la hora.

Sin embargo, no pude ocultarme que había percibido que, inmediatamente después de la caída de las gotas color rubí, se producía un rápido agravamiento en la enfermedad de mi esposa; tanto que a la tercera noche sus doncellas la prepararon para la tumba, y la cuarta permanecí solo con el cadáver amortajado en esa fantástica habitación a la que llegara como recién casada. Fantásticas visiones, engendradas por el opio, revoloteaban como sombras delante de mí. Observé con inquietud los sarcófagos de los ángulos de la habitación, las variables figuras de las tapicerías, y las contorsiones de las llamas multicolores en el incensario. Entonces, mientras recordaba las circunstancias de una noche anterior, clavé la mirada en el sitio donde, bajo el fulgor del incensario, había visto los débiles trazos de la sombra. Sin embargo, ya no estaba allí; y respirando con más libertad, miré la figura pálida y rígida, tendida en la cama. Entonces me asaltaron mil recuerdos de Ligeia, y volvió a caer sobre mi corazón, con la turbulencia de un torrente, todo el indecible dolor con que había mirado su cuerpo amortajado. La noche declinaba; y todavía, con el pecho lleno de amargos pensamientos de mi único y supremo amor, permanecía mirando fijo el cuerpo de Rowena.

Tal vez fuese medianoche, quizá más temprano o más tarde, pues no había prestado atención al tiempo transcurrido, cuando un sollozo débil, suave, pero muy claro, me sacó abruptamente de mi ensueño. *Sentí* que venía del lecho de ébano, del lecho de muerte. Escuché, en el paroxismo de una angustia de supersticioso terror, pero el sonido no se repitió. Agucé la vista para detectar algún movimiento en el cadáver, pero nada advertí. Sin embargo, era imposible que me hubiera equivocado. Por débil que fuese, *había* oído el ruido, y, en mi interior, mi alma estaba despierta. Con resolución y perseverancia, mantuve la atención fija en el cuerpo. Transcurrieron varios minutos antes de que alguna circunstancia arrojara luz sobre el misterio. Por fin resultó evidente que un leve, un muy débil y apenas perceptible color se extendía por las mejillas y a lo largo de las pequeñas y hundidas venas de los párpados. Con una especie de horror, de espanto inenarrable, que el lenguaje del mortal no posee expresión suficientemente enérgica para describir, sentí que mi corazón cesaba de latir, que mis miembros se ponían rígidos en la silla. Sin embargo, el sentimiento del deber por fin me devolvió la sangre fría. Ya no ponía en duda que nos habíamos precipitado en nuestros preparativos, que Rowena todavía vivía. Era necesario hacer algo de inmediato; ahora bien, la torre estaba completamente apartada de la parte de la abadía destinada a la servidumbre, no había nadie en las cercanías, yo no tenía manera de llamar en mi auxilio sin abandonar durante muchos minutos la habitación, y eso era algo que no me podía aventurar a hacer. Así pues, luché solo en mi intento de llamar de regreso al espíritu que todavía se cernía sobre el cuerpo. Sin embargo, al cabo de un corto rato, la recaída fue clara; el color desapareció tanto de los párpados como de las mejillas, dejándolos más pálidos que el mármol; los labios quedaron apretados y contraídos en la espantosa expresión de la muerte; una viscosidad y un frío repulsivos se extendieron rápidamente sobre el cuerpo y de inmediato sobrevino la habitual rigidez cadavérica. Me desplomé con un estremecimiento sobre el diván del que había sido tan bruscamente arrancado, y de nuevo me entregué a mis apasionados sueños de vigilia con Ligeia como protagonista.

Así transcurrió una hora, cuando (¿sería posible?) por segunda vez tuve conciencia de un sonido vago que me llegaba desde la cama. Escuché, en el colmo del horror. El sonido se repitió: era un suspiro. Me precipité hacia el cadáver y vi –vi con toda claridad– que le temblaban los labios. Un instante después se abrieron, dejando al descubierto una línea brillante de dientes como perlas. En mi pecho, ahora, la estupefacción luchaba con el profundo espanto que antes sólo reinaba en él. Sentí que se me empañaba la vista, que mi razón se extraviaba, y sólo gracias a un violento esfuerzo, por fin conseguí enfrentar la tarea que el deber me señalaba una vez más. Ahora había algo de color en la frente, en las mejillas y en la garganta–; una calidez perceptible invadía todo el cuerpo; hasta latía levemente el corazón. Mi mujer *vivía*, y con renovado ímpetu, me aboqué a la tarea de resucitarla. Froté y mojé las sienes y las manos, empleé todas las prácticas que la experiencia y numerosas lecturas de tema médicos me sugerían. Fue en vano. De repente el color huyó, cesaron las pulsaciones, los labios recuperaron el gesto de la muerte, e instantes después, el cuerpo íntegro adquirió el frío del hielo, el color lívido, la intensa rigidez, el perfil hundido, y todas las odiosas peculiaridades de quien ha sido, durante muchos días, habitante de la tumba.

Y de nuevo me hundí en visiones de Ligeia, y de nuevo (¿a quién puede sorprender que me estremezca al escribirlo?) de nuevo llegó a mis oídos un leve sollozo que venía de la cama de ébano. Pero, ¿para qué detallar minuciosamente el horror inenarrable de esa noche? ¿Para qué detenerme a relatar como, vez tras vez, hasta que se acercó el alba gris, se repitió este odioso drama de resurrección; de qué modo cada espantosa recaída terminaba en una muerte más rígida y aparentemente más irredimible; de qué modo cada agonía adquiría el aspecto de una lucha contra algún enemigo invisible; y cómo cada lucha era sucedida por no sé qué terrible cambio en la apariencia del cuerpo? Permitidme que me apresure a concluir.

Había transcurrido la mayor parte de la noche terrible, y la que estuviera muerta, una vez más se movió, ahora más vigorosamente que antes, aunque surgiera de una disolución más espantosa e irreparable que las demás. Hacía rato que yo había cesado de luchar y de moverme, y permanecía rígidamente sentado en la otomana, víctima indefensa de un torbellino de violentas emociones de las cuales el temor reverente era quizá, la menos terrible, la menos desgastante. El cuerpo, repito, se movió, y ahora más vigorosamente que antes. Los colores de vida florecieron con insólita energía en el semblante, los miembros se aflojaron, y salvo por los párpados todavía pesadamente apretados, y por las vendas y paños mortuorios que daban un aspecto sepulcral a su figura, pude haber soñado que Rowena había, sin duda, sacudido por completo las cadenas de la Muerte. Pero si ni siquiera entonces acepté del todo esa idea, ya no pude dudar más cuando aquel ser amortajado se levantó de la cama, a tientas, con paso débil, los ojos cerrados, y el aspecto del que está confundido en un sueño y avanzó con osadía, palpablemente, hasta el centro del cuarto.

No temblé, no me moví, porque una multitud de ideas inexplicables vinculadas con el aspecto, la estatura, el porte, cruzaban velozmente mi cerebro, petrificándome, impidiéndome todo movimiento. Inmóvil, contemplé la aparición. En mis pensamientos reinaba un loco desorden, un tumulto implacable. ¿La que me enfrentaba, podía ser, en verdad, Rowena *viva*? ¿Podía ser realmente Rowena, lady Rowena Trevanion de Tremaine, la de cabellos rubios y ojos azules? ¿Por qué, *por qué* debía yo dudar? Los vendajes le ceñían pesadamente la boca, pero entonces, ¿podía no ser la boca de lady Tremaine viva? Y las mejillas –rosadas como en la plenitud de su vida– sí, ésas sin duda podían ser las hermosas mejillas de la viviente lady Tremaine. ¿Y el mentón, con sus hoyuelos, como cuando gozaba de plena salud, podía no ser el suyo? *¿Pero entonces, había ella crecido durante su enfermedad?* ¿Qué locura increíble se posesionó de mí con ese pensamiento? De un salto estuve a sus pies. Evitó mi contacto, dejó caer de la cabeza, sueltas, las espantosas vendas que la confinaban y entonces, en la atmósfera estremecida del cuarto, cayó una enorme masa de cabellos largos y desordenados; *¡eran más negros que las alas del cuervo de medianoche!* Y se abrieron lentamente los ojos de la figura parada ante mí.

–¡En esto, por lo menos –grité–, nunca, nunca podré equivocarme! Estos son los grandes, los negros, los apasionados ojos de mi amor perdido... los de lady... ¡los de LADY LIGEIA!

WILLIAM WILSON

¿Qué decir de ella? ¿Qué decir (de la) torva conciencia, ese espectro en mi camino?

CAMBERLAYNE, PHARRONIDA

Permitid que, por el momento, me presente como William Wilson. La página inmaculada que tengo ante mí, no debe ser manchada con mi verdadero nombre. Éste ya ha sido exagerado objeto del desprecio –del horror–, del odio de mi estirpe. ¿Los vientos indignados, no han esparcido su incomparable infamia por las regiones más distantes del globo? ¡Oh, paria, el más abandonado de todos los parias! ¿No estás definitivamente muerto para la tierra? ¿No estás muerto para sus honores, para sus flores, para sus doradas ambiciones? Y una nube densa, lúgubre, ilimitada ¿no cuelga eternamente entre tus esperanzas y el cielo?

Aunque pudiese, no quisiera registrar hoy, ni aquí, la narración de mis últimos años de indecible desdicha y de crimen imperdonable. Esa época –esos años recientes– llegaron repentinamente al colmo de la depravación cuyo origen es lo único que en el presente me propongo señalar. Por lo general los hombres caen gradualmente en la bajeza. En mi caso, en un sólo instante, toda virtud se desprendió de mi cuerpo como si fuera un manto. De una maldad comparativamente trivial, pasé, con la zancada de un gigante, a enormidades peores que las de un Heliogábalo. Acompañadme en el relato de la oportunidad, del único acontecimiento que provocó una maldad semejante. La muerte se acerca, y la sombra que la precede ha ejercido un influjo tranquilizador sobre mi espíritu. Al atravesar el valle en penumbras, anhelo la comprensión –casi dije la piedad– de mis semejantes. Desearía que creyeran que, en cierta medida, he sido esclavo de circunstancias que exceden el control humano. Desearía que, en los detalles que estoy por dar, buscaran algún pequeño oasis de *fatalidad* en un erial de errores. Desearía que admitieran –y no pueden menos que hacerlo– que aunque hayan existido tentaciones igualmente grandes, el hombre jamás ha sido antes *así* tentado y, sin duda, jamás *así* cayó. ¿Será por eso que nunca sufrió de esta manera? En realidad, ¿no habré vivido en un sueño? ¿No muero ahora víctima del horror y del misterio de las más enloquecidas visiones sublunares?

Soy descendiente de una estirpe cuya imaginación y temperamento fácilmente excitable la destacó en todo momento; y desde la más tierna infancia di muestras de haber heredado plenamente el carácter de la familia. A medida que avanzaba en años, ese carácter se desarrolló con más fuerza y se convirtió por muchos motivos en causa de grave preocupación para mis amigos, y de acusado perjuicio para mí. Crecí con voluntad propia, entregado a los más extravagantes caprichos, y víctima de las más incontrolables pasiones. Pobres de espíritu, mentalmente débiles y asaltados por enfermedades constitucionales análogas a las mías, mis padres poco pudieron hacer para contener las malas predisposiciones que me distinguían. Algunos esfuerzos flojos y mal dirigidos terminaron en un completo fracaso para ellos y, naturalmente, en un triunfo total para mí. De allí en adelante mi voz fue ley en esa casa; y a una edad en que pocos niños han abandonado los andadores, quedé a merced de mi propia voluntad y me convertí, de hecho, si no de derecho, en dueño de mis actos.

Mis más tempranos recuerdos de la vida escolar se relacionan con una casa isabelina, amplia e irregular en un pueblo de Inglaterra, cubierto de niebla, donde se alzaban innumerables árboles nudosos y gigantescos, y donde todas las casas eran excesivamente antiguas. En verdad, esa vieja y venerable ciudad era un lugar de ensueño, propicio para la paz del espíritu. En este mismo momento, en mi fantasía, percibo el frío refrescante de sus avenidas profundamente sombreadas, inhalo la fragancia de sus mil arbustos, y me vuelvo a estremecer con indefinible deleite ante el sonido hueco y profundo de la campana de la iglesia que quebraba, cada hora, con su hosco y repentino tañido, el silencio de la melancólica atmósfera en la que el recamado campanario gótico se engastaba y dormía.

Tal vez el mayor placer que me es dado alcanzar hoy en día sea el demorarme en recuerdos de la escuela y todo lo que con ella se relaciona. Empapado como estoy por la desgracia –una desgracia, ¡ay! demasiado real– se me perdonará que busque alivio, aunque leve y efímero, en la debilidad de algunos detalles por vagos que sean. Esos detalles, triviales y hasta ridículos en sí mismos, asumen en mi imaginación una extraña importancia por estar relacionados con una época y un lugar en donde reconozco la presencia de las primeras ambiguas admoniciones del destino que después me envolvieron tan completamente en su sombra. Permitidme, entonces, que recuerde.

Ya he dicho que la casa era antigua e irregular. Se erguía en un terreno extenso y un alto y sólido muro de ladrillos, coronado por una capa de cemento y de vidrios rotos, rodeaba la propiedad. Esta muralla, semejante a la de una prisión, era el límite de nuestros dominios; lo que había más allá sólo lo veíamos tres veces por semana: una vez los sábados a la tarde cuando, acompañados por dos preceptores, se nos permitía realizar un breve paseo en grupo a través de alguno de los campos vecinos; y dos veces durante el domingo, cuando marchábamos de modo igualmente formal a los servicios matinales y vespertinos de la iglesia del pueblo. El director de la escuela era también el pastor de la iglesia. ¡Con qué profunda sorpresa y perplejidad lo contemplaba yo desde nuestros bancos lejanos, cuando con paso solemne y lento subía al púlpito! Ese hombre reverente, de semblante tan modestamente benigno, de vestiduras tan brillantes y clericalmente ondulantes, de peluca minuciosamente empolvada, rígida y enorme... ¿podía ser el mismo que poco antes, con rostro amargo y ropa manchada de rapé, administraba, férula en mano, las leyes draconianas de la escuela? ¡Oh, gigantesca paradoja, demasiado monstruosa para tener solución!

En un ángulo de la voluminosa pared rechinaba una puerta aún más voluminosa. Estaba remachada y tachonada con tornillos de hierro y coronada con picas dentadas del mismo metal. ¡Qué impresión de profundo temor inspiraba! Nunca se abría, salvo para las tres salidas y regresos mencionados; por eso, en cada crujido de sus enormes goznes encontrábamos la plenitud del misterio, un mundo de asuntos para solemnes comentarios o para aún más solemnes meditaciones.

El extenso muro era de forma irregular, con abundantes recesos espaciosos. De éstos, tres o cuatro de los más grandes constituían el campo de juegos. El piso estaba nivelado y cubierto de grava fina y dura. Recuerdo bien que no tenía árboles, ni bancos, ni nada parecido. Por supuesto que quedaba en la parte posterior de la casa. En el frente había un pequeño cantero, plantado con boj y otros arbustos; pero a través de esa sagrada división sólo pasábamos en contadas ocasiones, como el día de llegada o el de partida del colegio o quizá, cuando algún padre o amigo nos pasaba a buscar y nos íbamos alegremente a disfrutar de la Navidad o de las vacaciones de verano a nuestras casas.

¡Pero la casa! ¡Qué extraño era aquel viejo edificio! y para mí, ¡qué palacio encantado! Realmente sus recovecos eran infinitos, así como sus incomprensibles subdivisiones.

En cualquier momento resultaba difícil afirmar con seguridad en cuál de sus dos pisos nos hallábamos.

Entre un cuarto y otro siempre había tres o cuatro escalones que subían o bajaban. Además, las alas laterales eran innumerables –inconcebibles– y volvían de tal modo sobre sí mismas que nuestras ideas más exactas con respecto a la casa en sí, no diferían demasiado de las que teníamos sobre el infinito. Durante los cinco años de mi residencia, nunca pude cerciorarme con precisión de en qué remoto lugar estaban situados los pequeños dormitorios que nos habían asignado a mí y a otros dieciocho o veinte alumnos.

El aula era el cuarto más grande de la casa –y desde mi punto de vista– el más grande del mundo entero. Era muy largo, angosto y desconsoladoramente bajo, con puntiagudas ventanas góticas y cielo raso de roble. En un ángulo remoto y aterrorizante había un cerramiento cuadrado de unos ocho o diez pies, allí se encontraba el *sanctum* donde rezaba «entre una clase y otra» de nuestro director, el reverendo doctor Bransby. Era una estructura sólida, de puerta maciza, y antes de abrirla en ausencia del «dómine» hubiéramos preferido morir por la *peine forte et dure*. En otros ángulos había dos cerramientos similares sin duda mucho menos reverenciados, pero no por eso menos motivo de terror. Uno de ellos era la cátedra del preceptor «clásico», otro el correspondiente a «inglés y matemáticas». Dispersos por el salón, entrecruzados en interminable irregularidad había innumerables bancos y pupitres, negros, viejos, carcomidos por el tiempo, tapados por pilas de libros manoseados, y tan cubiertos de iniciales, nombres completos, figuras grotescas y otros múltiples esfuerzos del cortaplumas, que habían perdido lo poco que en lejanos días les quedaba de su forma original. En un extremo del salón había un inmenso balde de agua, y en el otro un reloj de formidables dimensiones.

Encerrado entre las macizas paredes de esta venerable academia, pasé sin tedio ni disgustos los años del tercer lustro de mi vida.

El fecundo cerebro de la infancia no requiere que lo ocupen o diviertan los sucesos del mundo exterior; y la monotonía aparentemente lúgubre de la escuela estaba repleta de excitaciones más intensas que las que mi juventud obtuvo del lujo, o mi edad madura del crimen. Sin embargo, debo creer que mi primitivo desarrollo mental ya salía de lo común... y hasta tenía mucho de *outré*. Por lo general, los acontecimientos de la infancia no dejan un recuerdo definido en el hombre maduro. Todo se parece a una sombra grisácea, –un recuerdo débil e irregular– una evocación indistinta de pequeños placeres y fantasmagóricos dolores. Pero en mi caso no es así. En la infancia debo haber sentido con la energía de un hombre lo que ahora encuentro estampado en mi memoria con imágenes tan vívidas, tan profundas y tan duraderas como los exergos de las medallas cartaginesas.

Y sin embargo –desde un punto de vista mundano– ¡qué poco había allí para recordar! Despertar por la mañana, la llamada nocturna a acostarse, los estudios, los recitados; las vacaciones periódicas y los paseos; el campo de juegos con sus peleas, sus pasatiempos, sus intrigas... todo eso que por obra de un hechizo mental totalmente olvidado después, llegaba a abarcar una multitud de sensaciones, un mundo de ricos incidentes, un universo de variadas emociones, de la más apasionada y entusiasta excitación. «*¡Oh, le bon temps, que ce siècle de fer!*»

En verdad, el ardor, el entusiasmo y mi naturaleza imperiosa pronto me destacaron de mis condiscípulos y suave, pero naturalmente fui ganando ascendiente sobre todos los que no eran mucho mayores que yo; sobre todos... con una única excepción. La excepción fue un alumno que sin ser pariente mío, llevaba mi mismo nombre y apellido; una circunstancia poco destacable porque pese a mi ascendencia noble, el mío era uno de esos apellidos comunes que, desde tiempos inmemoriales, parecen haber pasado a ser propiedad de la plebe. En este relato me he denominado William Wilson, nombre ficticio, pero no muy distinto del verdadero. Sólo mi tocayo, entre los que según la fraseología del colegio formaban nuestro «grupo» se atrevía a competir conmigo en el estudio, –en los deportes y rencillas del campo de juegos– negándose a creer ciegamente en mis afirmaciones y a someterse a mis deseos... en una palabra, pretendía oponerse a mi arbitraria dictadura. Si existe en la tierra un despotismo supremo e ilimitado es el despotismo que ejerce en la juventud, una mente superior sobre los espíritus menos enérgicos de sus compañeros.

La rebeldía de Wilson era para mí una fuente de la mayor perplejidad; tanto más cuando pese a la bravuconería con que trataba en público tanto a él como a sus pretensiones, secretamente le temía y no podía menos que pensar que la igualdad que mantenía conmigo tan fácilmente era una prueba de su verdadera superioridad, porque no ser superado me costaba una lucha permanente. Sin embargo, esa superioridad –y aun esa igualdad– en realidad nadie más que yo la reconocía; nuestros compañeros, por una inexplicable ceguera, ni siquiera parecían sospecharla. Lo cierto es que su competencia, su resistencia y sobre todo su impertinente y tozuda interferencia en mis propósitos, eran tan dolorosas como poco evidentes. Era como si careciera tanto de la ambición que estimula, como de la apasionada energía mental que me permitía destacarme. Parecía que su rivalidad sólo se debía al caprichoso deseo de contradecirme, asombrarme o mortificarme; aunque había momentos en que yo no podía menos que observar, con una mezcla de asombro, humillación y resentimiento, que Wilson mezclaba sus injurias, sus insultos o sus contradicciones con un muy inapropiado y sin duda inoportuno modo *afectuoso.* Yo sólo podía concebir ese singular comportamiento como el producto de una consumada suficiencia que adoptaba el tono vulgar de la condescendencia y la protección.

Quizá fuera este último rasgo en la conducta de Wilson, junto con nuestros nombres idénticos y la simple coincidencia de haber ingresado el mismo día en la escuela lo que, entre los alumnos de los cursos superiores, dio pábulo a la idea de que éramos hermanos. Porque los estudiantes mayores, por lo general, no se informan en detalle de los asuntos de los menores. Ya he dicho, o debí decir, que Wilson no estaba, ni remotamente emparentado con mi familia. Pero con seguridad, de haber sido hermanos, hubiéramos sido mellizos; porque después de egresar de la escuela del doctor Bransby, me enteré por casualidad de que mi tocayo había nacido el diecinueve de enero de 1813 y ésta es una coincidencia bastante notable, pues se trata precisamente del día de mi natalicio.

Tal vez parezca extraño que, pese a la continua ansiedad que me causaban la rivalidad de Wilson y su intolerable espíritu de contradicción, de alguna manera no podía resolverme a odiarlo. Sin duda, casi todos los días manteníamos una discusión en la que me cedía públicamente la palma de la victoria, aunque de alguna manera me hacía sentir que era él quien la merecía; sin embargo, una sensación de orgullo de mi parte, y una gran dignidad de la suya, nos mantenía siempre en lo que se ha dado en llamar «buenas relaciones», mientras en muchos aspectos nuestros temperamentos congeniaban, despertando en mí un sentimiento que sólo nuestras respectivas posturas impedían que madurara en amistad. Me resulta verdaderamente difícil definir, y aun describir mis verdaderos sentimientos hacia él. Eran una mezcla abigarrada y heterogénea; cierta petulante animosidad, que no llegaba a ser odio, cierta estima, un respeto mayor aun, mucho temor y un mundo de inquietante curiosidad. Para los moralistas, será innecesario agregar, además, que Wilson y yo éramos compañeros inseparables.

Sin duda esta anómala relación que existía entre nosotros era lo que me llevaba a atacarlo (y los ataques eran muchos, francos o encubiertos) por medio de la burla o de las bromas pesadas (que duelen aunque parezcan una simple diversión) en lugar de convertirse en una seria y decidida hostilidad. Pero mis esfuerzos en ese sentido no siempre resultaban exitosos, aunque concibiera mis planes con mucha astucia; porque el carácter de mi tocayo poseía esa modesta y silenciosa austeridad del que, aunque goce de sus propias bromas afiladas, no posee en sí mismo un talón de Aquiles y se niega totalmente a ser objeto de una burla. Sólo pude encontrarle un punto vulnerable, debido a una peculiaridad de su persona y ocasionado quizá por una enfermedad constitucional, que hubiese relegado a cualquier otro antagonista menos exasperado que yo; mi rival tenía un defecto en las cuerdas vocales que le impedía levantar la voz más allá *de un susurro apenas audible*. Y yo no dejé de aprovechar las pobres ventajas que ese defecto me proporcionaba.

Las represalias de Wilson eran muchas; pero había una que me perturbaba más allá de toda medida. Jamás pude saber cómo descubrió con tanta sagacidad que algo tan insignificante me ofendería; pero una vez que lo supo, no dejó de asestármela. Yo siempre había experimentado aversión por mi poco elegante apellido y mi nombre de pila tan común que era casi plebeyo. Esos nombres eran veneno para mis oídos y cuando, el día de mi llegada, se presentó un segundo William Wilson en la academia, me indigné con él por llevar tal nombre y me disgusté doblemente con el apellido debido a que lo llevaba un extraño el cual sería motivo de una doble repetición, que estaría constante en mi presencia y cuyas actividades en la rutina del colegio, a causa de esa odiosa coincidencia, muchas veces serían confundidas con las mías.

Este sentimiento de vejación así engendrado fue creciendo con cada circunstancia que tendiera a revelar un parecido moral o físico entre mi rival y yo. Entonces todavía no había descubierto el hecho notable de que fuésemos de la misma edad, pero noté que éramos de la misma estatura y percibí una singular semejanza en nuestras facciones y aspecto físico. También me amargaba que entre los alumnos de las clases superiores se rumoreara que éramos parientes. En una palabra, nada podía molestarme más (aunque lo disimulara escrupulosamente) que cualquier alusión a un parecido intelectual, personal o familiar entre nosotros. Pero en realidad no tenía motivos para creer que (con excepción de un parentesco y en el caso del mismo Wilson) que estas similitudes fueran comentadas u observadas siquiera por nuestros compañeros. Me resultaba evidente que él las observaba en todos sus aspectos y con tanta claridad como yo; pero que en tales circunstancias hubiera sido capaz de descubrir tan fructífero campo de ataque, sólo puede ser atribuible, como ya dije, a su extraordinaria perspicacia.

Su táctica consistía en perfeccionar una imitación de mi persona, tanto en palabras como en hechos y Wilson desempeñaba admirablemente su papel. Mi forma de vestir era fácil de copiar, se apropió sin dificultad de mi manera de caminar y de mis actitudes, y a pesar de su defecto constitucional, ni siquiera mi voz escapó a su imitación. Por supuesto que no intentaba imitar mis tonos más fuertes, pero la tonalidad general de mi voz era idéntica; *y su extraño susurro llegó a convertirse en el eco mismo de mi voz.*

No me aventuraré a describir hasta dónde me exasperaba este minucioso retrato (porque con justicia no podía tildarse de caricatura). Me quedaba un consuelo: por lo visto era el único que notaba la imitación y sólo tenía que soportar las sonrisas cómplices y misteriosamente sarcásticas de mi tocayo. Satisfecho de haber provocado en mí el efecto esperado, parecía reír en secreto por el aguijón que acababa de clavarme y desdeñaba el aplauso general que fácilmente podría haber obtenido con sus astutas maniobras. Durante muchos meses fue enigma indescifrable para mí que la totalidad del colegio no advirtiera sus designios, no percibiera sus intenciones, ni comprobara su cumplimiento y participara de su burla. Tal vez la gradación de su máscara la hizo menos perceptible; o posiblemente debí mi seguridad a la maestría del imitador que desdeñando la letra (que es todo lo que ven los obtusos en una pintura) sólo ofrecía en pleno el espíritu del original para mi contemplación y tormento.

Ya he hablado más de una vez del desagradable aire protector que Wilson asumía con respecto a mí, y de sus frecuentes y oficiosas interferencias que se interponían en mi voluntad. Esta interferencia muchas veces adoptaba la demudable forma de un consejo, consejo más insinuado que abiertamente ofrecido. Yo lo recibía con una repugnancia que se fue acentuando con los años. Y sin embargo, en este día tan lejano, permítaseme el acto de justicia de reconocer que no recuerdo ocasión alguna en la que las sugerencias de mi rival me incitaran a los errores o tonterías tan habituales en esa edad inmadura e inexperta: si no su talento, o su sabiduría mundana por lo menos su sentido moral y su sensatez eran mucho más agudos que los míos; y hoy en día, yo hubiera podido ser un hombre mejor, y por lo tanto más feliz, de haber rechazado con menos frecuencia los consejos encerrados en esos susurros que en ese momento odiaba cordialmente y despreciaba con amargura.

Como sea, acabé por impacientarme en extremo ante esa desagradable supervisión y cada día me sentía más agraviado por lo que consideraba su intolerable arrogancia. He dicho ya que durante nuestros primeros años de relación como condiscípulos, mis sentimientos hacia Wilson bien podrían haber madurado en una amistad; pero en los últimos meses de mi residencia en la academia, aunque su impertinencia hubiera disminuido, sin duda, en alguna medida, mis sentimientos se trocaron, en similar proporción, en odio más profundo. Creo que en una ocasión él lo percibió, y desde entonces, me evitó, o simuló evitarme.

Si mal no recuerdo, en esa misma época, tuvimos un violento altercado durante el que Wilson perdió la calma hasta un punto mayor que otras veces, y habló y actuó con una franqueza nada común en su carácter. En ese momento descubrí, o creí descubrir, en su tono, en su aire, y en su apariencia general algo que al principio me sorprendió y luego me interesó profundamente, trayendo a mi recuerdo veladas visiones de mi primera infancia: vehementes, confusos y tumultuosos recuerdos de un tiempo en que la memoria misma aún no había nacido. Sólo logro describir la sensación que me oprimía diciendo que me resultó difícil rechazar la convicción de haber estado vinculado en alguna época muy lejana con ese ser que permanecía de pie ante mí... una vinculación en algún punto infinitamente remoto del pasado. Sin embargo la ilusión se desvaneció con la misma rapidez con que había llegado, y si la refiero es para precisar el día en que mantuve la última conversación con mi extraño tocayo en la academia.

La enorme casa vieja, con sus innumerables subdivisiones, tenía varios cuartos contiguos de gran tamaño donde dormía la mayoría de los estudiantes. Como sucede inevitablemente en un edificio tan mal proyectado, había asimismo una cantidad de cuartos de menor tamaño, verdaderas sobras de la estructura, y que el ingenio económico del doctor Bransby también había habilitado como dormitorios, pese a que por su tamaño tan reducido no pudieran alojar más que a un sólo individuo. Wilson ocupaba uno de esos cuartos pequeños.

Una noche, hacia el final de mi quinto año en la escuela e inmediatamente después del altercado que acabo de mencionar, cuando todos dormían, me levanté, y lámpara en mano me interné por interminables pasillos angostos rumbo al dormitorio de mi rival. Hacía mucho que planeaba hacerle una de esas perversas bromas pesadas, hasta ese momento siempre infructuosas. Tenía intenciones de llevar a cabo de inmediato mi plan, y decidí que Wilson percibiera toda su malicia. Al llegar a su cuarto, entré en silencio, y dejé afuera la lámpara cubierta con una pantalla. Avancé un paso y escuché el sonido de su respiración tranquila. Seguro de que dormía, volví a tomar la lámpara y me aproximé con ella a la cama. Ésta se hallaba rodeada de pesadas cortinas; siguiendo con mi plan, las aparté con lentitud y en silencio hasta que rayos de luz iluminaron de golpe al durmiente, mientras mis ojos se clavaban en su cara. Lo miré, e instantáneamente quedé petrificado, helado. Respiré con dificultad, me temblaban las rodillas y mi espíritu era presa de un horror sin sentido, pero intolerable. Jadeando, aproximé aún más la lámpara a su cara. ¿Eran esos... *ésos*, los rasgos de William Wilson? Veía, sin duda que eran los suyos, pero me estremecía como presa de un ataque de fiebre al imaginar que no lo eran. ¿Qué había en ellos para confundirme de tal manera? Lo miré fijo mientras mi cerebro era presa de un torbellino de pensamientos incoherentes. No era ésa su apariencia –seguramente no era ésa– cuando estaba despierto. ¡El mismo nombre! ¡La misma figura! ¡El mismo día de llegada a la academia! ¡Y después su obstinada e insensata imitación de mi manera de caminar, mi voz, mis costumbres y actitudes! ¿Estaría en verdad, dentro de los límites de las posibilidades humanas que *lo que ahora veía* fuese meramente el resultado de su constante y sarcástica imitación? Despavorido y cada vez más tembloroso, apagué la lámpara, salí en silencio del cuarto y abandoné en el acto los salones de esa vieja academia a la que no regresaría jamás.

Después de pasar algunos meses holgazaneando en casa, me hallé convertido en un estudiante de Eton. El breve intervalo transcurrido bastó para debilitar el recuerdo de los acontecimientos ocurridos en la academia del doctor Bransby, o por lo menos para modificar los sentimientos que esos recuerdos me inspiraban. La verdad –la tragedia– del drama, ya no existían. Ahora podía dudar de la evidencia de mis sentidos, y las pocas veces que recordaba el episodio me sorprendían los extremos a que puede llegar la credulidad humana y sonreía ante la fuerza de la imaginación que poseía por herencia. Dado el género de vida que empecé a llevar en Eton era lógico que este escepticismo no decreciera. El vórtice de locura irreflexiva en el que inmediata y temerariamente me sumergí, barrió con todo lo que no fuera el pasado reciente ahogando de inmediato toda impresión sólida o seria y dejando en mi recuerdo tan sólo las cosas más triviales de mi vida anterior.

No deseo, sin embargo, trazar aquí el curso de este miserable libertinaje, un libertinaje que desafiaba las leyes y eludía la vigilancia de la institución. Transcurrieron tres años de locura que no me dejaron ningún provecho, sino que arraigaron en mí los vicios y, de manera insólita, aumentaron mi estatura corporal. En ese tiempo, después de una semana de tonta disipación, invité a un grupo de los estudiantes más disolutos a una orgía secreta en mis habitaciones. Nos encontrábamos ya avanzada la noche, porque nuestra orgía debía prolongarse fielmente hasta la mañana. Corría con libertad el vino, y no faltaban otras seducciones tal vez más peligrosas; cuando el gris de la aurora apenas se perfilaba en el este, nuestro extravagante delirio estaba en su punto más alto. Excitado hasta la locura por las cartas y el alcohol, yo insistía en un brindis especialmente blasfemo cuando de repente atrajo mi atención la puerta que se entreabría con violencia, y la voz ansiosa de un criado. Decía que una persona me reclamaba con desesperada urgencia en el vestíbulo.

Salvajemente excitado por el vino, la inesperada interrupción me alegró en lugar de sorprenderme. Salí tambaleante y en pocos pasos estuve en el vestíbulo del edificio. En ese lugar, estrecho y bajo, no había lámpara, y sólo la pálida claridad del amanecer se abría paso por la ventana semicircular. Al transponer el umbral percibí la presencia de un joven casi de mi misma estatura, que vestía una bata de casimir blanco, cortada al nuevo estilo, como la que llevaba yo puesta en ese momento. La débil luz me permitió percibirlo, pero no alcancé a distinguir los rasgos de su cara. Al verme entrar, vino presuroso a mi encuentro y tomándome del brazo con un gesto de petulante impaciencia, me murmuró al oído las palabras:

—¡William Wilson!

Recuperé en el acto la sobriedad.

En los modales del desconocido, y en el temblor de su dedo suspenso entre mis ojos y la luz, había algo que me llenó de indescriptible asombro; pero no fue eso lo que me conmovió con mayor violencia. Fue la solemne admonición que contenían aquellas palabras sibilantes pronunciadas en voz baja y singular; y por sobre todo, fue el carácter, el tono, el *sonido* de esas sílabas escasas, simples y familiares, pero *susurradas*, que llegaban a mí con mil turbulentos recuerdos de días pasados, y que golpearon mi alma con el impacto de una batería galvánica. Antes de que pudiera recobrar el uso de mis facultades, mi visitante había desaparecido.

Aunque ese acontecimiento tuvo un vívido efecto sobre mi imaginación, fue también un efecto pasajero. Durante una semana me ocupé en hacer toda clase de investigaciones o me dejé envolver en una nube de especulaciones morbosas. No pretendí ocultar a mi percepción la identidad del singular individuo que con tanta perseverancia se inmiscuía en mis asuntos y que me acosaba con sus insinuados consejos. ¿Pero quién era y qué era ese Wilson? ¿De dónde venía? ¿Cuáles eran sus propósitos? Me resultó imposible encontrar una respuesta satisfactoria a estas preguntas; sólo alcancé a averiguar que un repentino accidente familiar lo obligó a abandonar la academia del doctor Bransby el mismo día de mi huida. Pero poco tiempo después dejé de pensar en el asunto; mi atención estaba completamente absorbida por el proyecto de ingresar en Oxford. Hacia allí pronto me trasladé; mis padres, en su irreflexiva vanidad, me proporcionaron un vestuario y una pensión anual que me permitirían disfrutar a mi antojo del lujo, ya tan caro a mi corazón, y rivalizar en despilfarro con los más altivos herederos de los más opulentos ducados de Gran Bretaña.

Excitado por tantos medios para fomentar el vicio, mi temperamento se desbordó con renovado ardor, y en la loca infatuación de mis francachelas, mancillé las más elementales normas de decencia. Pero sería absurdo detenerme en los detalles de mis extravagancias. Baste decir que fui más despilfarrador que el mismo Herodes, y que, dando nombre a una multitud de nuevas locuras, agregué un apéndice nada breve al largo catálogo de vicios entonces habituales en la más disoluta universidad de Europa.

Sin embargo, resultaba casi increíble que, pese a haber caído tan bajo mancillando mi condición de caballero, hubiera de llegar a familiarizarme con el vil arte del jugador profesional y que, habiéndome convertido en adepto de esa ciencia despreciable, la practicara con frecuencia, como un medio de aumentar aún más mis enormes rentas a expensas de mis compañeros más débiles de carácter. Sin embargo, esa era la verdad. Y la misma enormidad de esta ofensa contra todos los sentimientos varoniles y honorables, demostraba, más allá de toda duda, la principal, ya que no la única razón de la impunidad con que la cometía. ¿Quién, entre mis más desenfrenados camaradas, no hubiera preferido dudar del testimonio de sus sentidos antes de sospechar culpable de semejante vileza al alegre, al franco, al generoso William Wilson –el más noble y liberal compañero de Oxford– ése cuyas locuras (según decían sus parásitos) eran sólo las locuras de la juventud y de la fantasía –cuyos errores no eran más que caprichos inimitables– cuyos vicios más negros eran sólo descuidadas y atrevidas extravagancias?

Había estado dos años exitosamente entregado a estas actividades, cuando llegó a la Universidad un joven noble, un *parvenu* de apellido Glendinning –tan rico como Herodes Atico según los rumores– y cuyas riquezas también habían sido fácilmente obtenidas. Pronto me di cuenta de que era un simple y, naturalmente, lo consideré un sujeto adecuado para poner a prueba mis habilidades. Lo invité a jugar con frecuencia y, con la habitual artimaña del tahúr, le permití ganar sumas considerables para envolverlo más eficazmente en mis redes. Una vez maduros mis planes, me encontré con él (decidido a que esa partida fuera la última y decisiva) en las habitaciones de un compañero llamado Preston, amigo por igual de ambos, pero que, para hacerle justicia, no abrigaba la más remota sospecha de mis intenciones. Para mayor disimulo, conseguí reunir un grupo de ocho a diez personas y me las ingenié para que la propuesta de jugar a las cartas pareciera accidental y la sugiriera la misma víctima. Para no prolongar un tema tan vil, no omití ninguna de las acostumbradas y delicadas bajezas de situaciones similares, hasta tal punto repetidas que sorprende que todavía existan seres tan tontos que caigan en la trampa.

Dilatamos el juego hasta altas horas de la noche y por fin llevé a cabo la maniobra gracias a la cual Glendinning quedaba como mi único adversario. El juego, también era mi preferido, el *écarté*. El resto de los invitados, interesados por nuestra partida, abandonó sus propias cartas y nos rodeó. El *parvenu*, a quien al principio de la noche logré inducir a beber en abundancia, mezclaba las cartas, las repartía y jugaba con una nerviosidad que su ebriedad sólo en parte podía explicar. En poco rato se convirtió en mi deudor por una importante suma y entonces, después de beber un gran trago de oporto, hizo lo que yo fríamente esperaba: me propuso doblar nuestras ya extravagantes apuestas. Simulé una enorme renuencia y justo cuando mis repetidas negativas le provocaron algunas réplicas coléricas, que me acusaban de cobarde, acepté la propuesta. El resultado, por supuesto, no hizo más que demostrar hasta qué punto había caído la presa en mis redes: en menos de una hora, su deuda se cuadriplicó. Hacía rato que el semblante de Glendinning perdía el tinte rubicundo provocado por el vino; pero ahora, para mi sorpresa, percibí en él una palidez verdaderamente espantosa. Aseguro que me sorprendió, porque en respuesta a mis ansiosas averiguaciones, Glendinning me había sido presentado como inmensamente rico, y las sumas que ya llevaba perdidas, aunque importantes en sí mismas, supuse que no podían incomodarlo seriamente, y mucho menos afectarlo con tal violencia. Lo primero que pensé era que estaba agobiado por el vino que acababa de beber; y más por mantener mi reputación a los ojos de mis compañeros que por motivos menos interesados, me disponía a exigir con tono perentorio la suspensión de la partida, cuando algunas frases dichas a mi alrededor y la exclamación de total desesperanza que profirió Glendinning, me dieron a entender que acababa de provocar su ruina total en circunstancias que, al convertirlo en objeto de la piedad general, deberían haberlo protegido hasta de los ataques de un espíritu maligno.

Es difícil saber cuál debía haber sido mi conducta en ese momento. La lamentable condición de mi víctima creaba un clima de incómodo abatimiento en todos los presentes; hubo algunos instantes de profundo silencio durante el que me ardieron las mejillas ante las miradas abrasadoras de desprecio y de reproche que me dirigían los menos viciosos del grupo. Confieso que el peso intolerable de mi ansiedad se vio durante breves instantes aliviado por una repentina y extraordinaria interrupción. Las pesadas puertas plegadizas de la habitación se abrieron de par en par con un ímpetu tan vigoroso y arrollador que, como por arte de magia, se extinguieron todas las velas del cuarto. Pero las llamas, agonizantes, nos permitieron percibir la entrada de un desconocido, un hombre aproximadamente de mi estatura, completamente envuelto en una capa. La oscuridad era ahora total, y sólo podíamos *sentir* que el desconocido estaba entre nosotros. Antes de que nadie pudiera recobrarse de la sorpresa provocada por entrada tan ruda e intempestiva, oímos la voz del intruso.

–Señores –dijo en una voz baja y clara, en un *susurro* jamás olvidado que me estremeció hasta la médula–. Señores, no me disculparé por mi comportamiento, porque al conducirme de esta manera cumplo con un deber. Sin lugar a dudas, ustedes ignoran la verdadera personalidad del que esta noche le ha ganado a lord Glendinning una importante suma al *écarté*. Por lo tanto, les señalaré una manera expeditiva para obtener esta tan necesaria información. Por favor, examinen con cuidado el puño de su manga izquierda y los pequeños paquetes que encontrarán en los espaciosos bolsillos de su bata bordada.

Mientras hablaba, el silencio era tan profundo que se hubiera podido oír la caída de un alfiler sobre el piso. Al terminar de hablar, salió tan abruptamente como había llegado. ¿Puedo describir... describiré mis sensaciones? ¿Necesito decir que experimenté todos los horrores del condenado? No tuve tiempo de reflexionar. Varias manos me aferraron con rudeza, impidiéndome todo movimiento, y de inmediato se volvieron a prender las luces. Enseguida me registraron. En el forro de mi manga encontraron todas las cartas esenciales en el *écarté*, y en los bolsillos de mi bata una serie de mazos de barajas idénticos a los que utilizábamos en nuestras partidas, con la única excepción de que las mías eran lo que técnicamente se denomina *arrondées*: los honores eran levemente convexos en las puntas, las cartas más bajas, levemente convexas a los costados. De esta manera, el incauto que corta el mazo a lo largo, según lo acostumbrado, invariablemente proporciona un honor a su adversario, mientras el tahúr cortará a lo ancho sin proporcionar a su víctima ninguna carta de importancia en el juego.

Cualquier explosión de indignación ante lo que acababan de descubrir me hubiera afectado menos que el silencioso desprecio o la sarcástica compostura con que lo recibieron.

–Señor Wilson –dijo nuestro anfitrión, inclinándose para levantar del piso una lujosa capa de pieles excepcionales–. Señor Wilson, esta capa es suya. (Hacía frío y al salir de mi habitación me había echado la capa sobre los hombros quitándomela luego al llegar a la escena del juego.) Supongo que está de más buscar aquí mayores pruebas de su habilidad –comentó, observando los pliegues de la capa con amarga sonrisa–. Ya tenemos bastantes. Espero que comprenda la necesidad de abandonar Oxford y, en todo caso, de salir inmediatamente de mis aposentos.

Envilecido, humillado como estaba, es probable que hubiera respondido a tan exasperante lenguaje con un arrebato de violencia si en ese momento mi atención no hubiese sido atraída por un hecho sorprendente. La capa que me había puesto para la reunión era de pieles extremadamente raras; tan poco comunes y extravagantemente costosas que no me aventuraré a hablar de su precio. También el modelo era de mi propia y fantástica invención; porque era exigente hasta la fanfarronería en cuestiones de naturaleza tan frívola. Por eso, cuando el señor Preston me alcanzó la que acababa de levantar del suelo, cerca de las puertas plegadizas de la habitación vi, con un asombro que se acercaba al terror, que yo tenía mi propia capa colgando del brazo (donde distraídamente la había colocado) y que la que él me entregaba era absolutamente idéntica en todos y cada uno de sus detalles. Recordé que el extraño personaje que me desenmascarara estaba envuelto de una capa al entrar y, aparte de mí, esa noche ningún otro invitado llevaba capa. Con la poca presencia de ánimo que me quedaba, tomé la que me ofrecía Preston, la coloqué con disimulo sobre la mía; salí de la habitación con una resuelta expresión de desafío, y al alba de la mañana siguiente inicié un viaje al continente sumido en un abismo de horror y de vergüenza.

Huía en vano. Mi maldito destino me persiguió exultante, y me demostró, sin lugar a dudas, que su misterioso dominio acababa de empezar. Apenas puse mis pies en París tuve nuevas pruebas del odioso interés que Wilson demostraba en mis asuntos. Volaron los años, sin que yo pudiera experimentar el menor alivio. ¡Miserable! ¡En Roma se interpuso entre mis ambiciones y yo con inoportuna y espectral solicitud! También en Viena, en Berlín y en Moscú. ¿Dónde en verdad, no tuve amargos motivos para maldecirlo desde el fondo del corazón? Por fin huí, presa de pánico, de esa inescrutable tiranía, como si se tratara de una peste; y *huí en vano* hasta los mismos confines de la tierra.

Y una y otra vez, en secreta comunión con mi espíritu, me preguntaba: «¿Quién es? ¿De dónde viene? ¿Qué quiere?» Pero no encontré la respuesta. Entonces estudié con minuciosidad las formas y los métodos y los rasgos dominantes de aquella impertinente vigilancia. Pero aun en eso no había en qué basar una conjetura. Era ciertamente notable que en todas las múltiples instancias en que se había cruzado últimamente en mi camino lo había hecho sólo para frustrar planes o malograr hechos que, de haberse cumplido, hubieran culminado en una amarga maldad. ¡Pobre justificación es ésta, en verdad, para una autoridad tan imperiosamente asumida! ¡Pobre compensación para los derechos de un libre albedrío tan pertinaz e insultantemente negado!

También me había visto obligado a notar que, durante un largo período, mi verdugo (que escrupulosamente y con maravillosa destreza mantuvo su capricho de vestirse de manera idéntica a mí) consiguió que, en la ejecución de sus variadas interferencias a mi voluntad, nunca y en ningún momento pudiera ver sus facciones. Quien quiera que fuese Wilson, *esto*, al menos era el colmo de la afectación o de la locura. ¿Supuso por un instante que en quien me amonestara en Eton, en quien malograra mi ambición en Roma, mi venganza en París, mi apasionado amor en Nápoles o lo que falsamente definiera como mi avaricia en Egipto que en éste –mi archienemigo y genio maligno–, dejaría de reconocer al William Wilson de mis días de escolar al tocayo, al compañero, al rival, al odiado y temido rival de la academia del doctor Bransby? ¡Imposible! Pero permitan que me apresure a llegar a la última escena del drama.

Hasta allí yo había sucumbido con indolencia a su imperioso dominio. El sentimiento de profundo temor con que habitualmente contemplaba el elevado carácter, la majestuosa sabiduría y la aparente ubicuidad y omnipotencia de Wilson, sumados al terror que ciertos rasgos de su naturaleza y las conjeturas que me inspiraban, habían llevado a grabar en mí la idea de mi absoluta debilidad y desamparo, y a sugerirme una implícita aunque amarga y renuente sumisión a su arbitraria voluntad. Pero últimamente, me había entregado por completo a la bebida, y la terrible influencia que ésta ejercía sobre mi temperamento hereditario, me llevó a impacientarme cada vez más ante esa vigilancia. Empecé a murmurar, a vacilar, a resistir. ¿Y fue sólo mi imaginación la que me indujo a creer que con el aumento de mi propia firmeza, la de mi torturador sufriría proporcional disminución? Sea como fuere, empecé a sentirme inspirado por una ardiente esperanza, que con el tiempo fomentó en mis más secretos pensamientos la firme y desesperada resolución de no seguir tolerando esa esclavitud.

Fue en Roma, durante el carnaval de 18..., que asistí a un baile de máscaras en el palazzo del duque napolitano Di Broglio. Me dejé arrastrar con más libertad que de costumbre por el exceso de bebida y luego la atmósfera sofocante de los salones atestados me irritó hasta un punto intolerable. Además, la dificultad de abrirme paso entre la aglomeración de invitados contribuyó en gran medida a aumentar mi malhumor; porque buscaba ansioso (permitidme no decir con qué maligno motivo) a la joven, alegre y hermosa esposa del anciano y tambaleante Di Broglio. Con inescrupulosa confianza ella me había confiado el secreto del disfraz que luciría esa noche, y habiéndola vislumbrado a la distancia, me apresuraba a reunirme con ella. En ese momento sentí que una mano liviana se apoyaba sobre mi hombro y volví a escuchar ese inolvidable, bajo y maldito *susurro* junto a mi oído.

En un absoluto frenesí de furia me volví de inmediato contra aquél que así me interrumpía y lo aferré por el cuello con violencia. Tal como yo suponía, vestía un disfraz similar al mío: capa española de terciopelo azul y cinturón rojo del que pendía una espada. Una máscara de seda negra le cubría por completo la cara.

—¡Miserable! —grité con voz ronca por la furia que cada sílaba que pronunciaba parecía atizar. ¡Miserable! ¡Impostor! ¡Maldito villano! ¡No permitiré... no permitiré que me persigas hasta la muerte! ¡Sígueme o te atravesaré aquí mismo con mi espada! —Y me encaminé a una pequeña antecámara contigua, arrastrándolo conmigo sin que él se resistiera.

En cuanto entramos, furioso, lo empujé para alejarlo de mí. Él trastabilló contra la pared, mientras yo cerraba la puerta con un juramento y le ordenaba que desenvainara su espada. Sólo vaciló un instante; después, con un pequeño suspiro desenvainó en silencio y se preparó para defenderse.

El duelo fue breve. Frenético y presa de feroz excitación, yo sentía en mi brazo la energía y el poder de una multitud. En pocos segundos lo acorralé contra la pared, y allí, teniéndolo en mi poder, le hundí repetidas veces la espada en el pecho con brutal ferocidad.

En aquel instante, alguien movió el pestillo de la puerta. Evité presuroso una intrusión y de inmediato regresé al lado de mi moribundo rival. ¿Pero qué lenguaje humano puede transmitir adecuadamente *esa* sorpresa, *ese* horror que me poseyó frente al espectáculo que tenía ante mi vista? El breve instante en que aparté la mirada pareció ser suficiente para producir un cambio material en el arreglo de aquel extremo lejano de la habitación. Un gran espejo —o por lo menos en mi confusión eso me pareció al principio—, alzábase donde antes no había nada. Y cuando avancé hacia él, en el colmo del espanto, cubierta de sangre y pálida la cara, mi propia imagen vino tambaleándose hacia mí.

Eso me pareció, digo, pero me equivocaba. Era mi antagonista, era Wilson quien se erguía ante mí, agonizante. Su máscara y su capa yacían en el suelo, donde las había arrojado. Cada hebra de su ropa, cada línea de los marcados y singulares rasgos de su cara ¡eran *idénticos* a los *míos*!

Era Wilson. Pero ya no se expresaba en susurros y hubiera podido imaginar que era yo mismo el que hablaba cuando dijo:

—Has vencido y me entrego. Pero a partir de ahora tú también estás muerto... muerto para el mundo, para el cielo y para la esperanza. En mí existías... y observa esta imagen, que es la tuya, porque al matarme te has asesinado tú mismo!

EL RETRATO OVAL

El castillo al que mi criado se había atrevido a entrar por la fuerza antes de permitir que, gravemente herido, pasara yo la noche a la intemperie, era una de esas edificaciones donde se entremezclan lo lúgubre y lo grandioso y que durante tanto tiempo se han alzado con aire de desaprobación en los Apeninos, no menos reales que en la imaginación de la señora Radcliffe. El lugar parecía recién abandonado. Nos instalamos en uno de los departamentos más pequeños y menos suntuosamente amueblados, ubicado en una remota torre del castillo. Su decoración era rica, pero gastada y antigua. Las paredes estaban cubiertas de tapices y adornadas por trofeos heráldicos, junto con una insólita cantidad de alegres pinturas modernas en marcos con opulentos arabescos de oro. Esas pinturas, que colgaban no sólo de las paredes principales sino en el cúmulo de nichos que exigía la extraña arquitectura del castillo, despertaron mi profundo interés, tal vez causado por un incipiente delirio; y como ya era de noche, le pedí a Pedro que encendiera las velas de un alto candelabro ubicado a la cabecera, y que abriera de par en par las orladas cortinas de terciopelo negro que rodeaban la cama. Deseaba que se hiciera todo eso para poder resignarme, si no a dormir, por lo menos a contemplar alternativamente esas pinturas y a leer cuidadosamente un pequeño volumen que había encontrado sobre la almohada y que contenía la descripción y la crítica de los cuadros.

Leí durante largo, largo rato, y con mucha, muchísima devoción. Rápida, gloriosamente, volaron las horas y llegó la profunda medianoche. La posición del candelabro me incomodaba y para no molestar a mi adormecido criado, estiré el brazo con dificultad, y lo moví para que la luz cayera de lleno sobre el libro.

Pero el movimiento tuvo un efecto completamente inesperado. Los rayos de las numerosas velas (porque eran muchas) iluminaron un nicho de la habitación, que hasta ese momento la sombra de una de las columnas de la cama mantenía en la más profunda oscuridad. Así vi, a plena luz, una pintura que hasta entonces me había pasado desapercibida. Era el retrato de una jovencita ya a punto de convertirse en mujer. Miré apresuradamente el cuadro y enseguida cerré los ojos. En un primer momento ni yo mismo comprendí por qué lo había hecho. Pero mientras mantenía los párpados cerrados, traté de analizar el motivo de mi conducta. Fue un movimiento impulsivo para ganar tiempo y poder pensar, para asegurarme de que mi vista no me hubiera engañado, para tranquilizar y dominar mi fantasía antes de volver a contemplarlo con mirada más serena y segura. A los pocos instantes, volvía a mirar fijamente la pintura.

Ya no podía ni quería dudar de mis ojos; porque el primer reflejo de la luz de las velas sobre esa tela disipó la modorra que se apoderaba de mis sentidos, y el sobresalto me despertó por completo.

Como ya he dicho, el retrato era de una jovencita. Sólo aparecían la cabeza y los hombros, pintados de la manera denominada *vignette*; muy al estilo de las cabezas favoritas de Sully. Los brazos, el pecho y hasta las puntas del pelo radiante, se fundían en la sombra vaga, pero profunda, del fondo del retrato. El marco era ovalado, exquisitamente dorado y con filigranas de estilo morisco. Como obra de arte, nada podía ser más admirable que la pintura en sí. Pero lo que vehementemente me emocionó no fue la ejecución de la obra ni la inmortal belleza del semblante retratado. Y menos aún que mi fantasía, sacudida de su modorra, hubiera confundido esa cabeza con la de un ser viviente. Comprendí de inmediato que las peculiaridades del diseño, de la vignette y del marco, hubieran rechazado instantáneamente esa idea... hasta hubieran impedido que la acariciara un sólo momento. Permanecí casi una hora, a medias sentado, a medias reclinado, con la mirada clavada en el retrato y pensando en esos puntos. Por fin me dejé caer en la cama, convencido de haber descubierto el secreto del efecto que me provocó la pintura. El hechizo del cuadro radicaba en la total *apariencia de vida* de la expresión de la joven, que primero me sobresaltó y terminó por confundirme, subyugarme y consternarme. Con temor profundo y reverente, volví a colocar el candelabro en su anterior *posición*. Habiendo alejado de la vista el motivo de mi profunda agitación, tomé con ansiedad el libro que se refería a las pinturas y sus historias. Busque el número que designaba el retrato oval, y leí estas vagas y curiosas palabras:

«Era una doncella de singular hermosura, y tan cautivante como alegre. Y malhadada fue la hora en que vio, y amó y desposó al pintor. Él, apasionado, estudioso, austero, tenía ya una esposa en el Arte; ella, una doncella de singular belleza y tan cautivante como alegre: toda luz y sonrisas, y juguetona como un cervatillo; que amaba y apreciaba todas las cosas, odiando tan sólo al Arte que era su rival, sólo temerosa de las paletas y los pinceles y todo otro instrumento que la privara de la presencia de su amante. Por lo tanto, terrible fue para ella oír hablar al pintor de su deseo de retratarla. Pero era humilde y obediente y durante muchas semanas posó con mansedumbre en el alto y oscuro aposento de la torre donde la luz sólo se colaba de lo alto sobre la pálida tela. Pero él, el pintor, se exaltaba en su trabajo, que continuaba de hora en hora y de día en día. Y era un hombre apasionado, turbulento y melancólico que se perdía en sus ensueños; hasta el punto de que se *negaba* a ver que esa luz espectral que entraba en la torre solitaria marchitaba la salud y la vivacidad de su esposa que languidecía a ojos vistas. Sin embargo, ella sonreía y sonreía, sin quejas porque notaba que el pintor –hombre muy renombrado– trabajaba con un placer fervoroso y ardiente, afanándose día y noche por retratar a aquella que tanto lo amaba y que, sin embargo, cada día estaba más débil y decaída. Y en verdad, los que contemplaban el retrato comentaban en voz baja el parecido, como una extraordinaria maravilla y a la vez una demostración tanto de la capacidad del pintor como de su profundo amor por aquella a quien con tanta excelencia retrataba. Pero al fin, a medida que el trabajo se acercaba a su conclusión, ya no se admitió que nadie entrara en la torre, porque el ardor de su trabajo había exaltado a tal punto al pintor, que rara vez apartaba la mirada de la tela, ni siquiera para contemplar el semblante de su esposa. Y *no quería ver* que los matices que extendía sobre la tela, los extraía de las mejillas de aquella que a su lado se sentaba. Y cuando transcurrieron semanas y quedaba poco por hacer salvo una pincelada en la boca y un trazo de color en los ojos, el espíritu de la dama de nuevo titiló, como la llama en el tubo de la lámpara. Y entonces la pincelada estuvo dada y el trazo de color aplicado y durante un instante el pintor contempló como en trance la obra concluida. Pero al instante siguiente, mientras todavía la contemplaba, tembló, y palideció, espantado, y exclamó a voces: «¡Ésta sin duda es la Vida misma!» Y de repente se volvió a mirar a su amada... *¡Estaba muerta!*

LA VERDAD SOBRE EL CASO DEL SEÑOR VALDEMAR

Por cierto que no simularé que considero sorprendente que el extraordinario caso del señor Valdemar haya provocado discusiones. Hubiera sido un milagro que no fuese así, especialmente considerando las circunstancias. Aunque todos los participantes deseábamos mantener el asunto fuera del conocimiento público, por lo menos por el momento o hasta haber tenido mayores oportunidades de investigación pese a nuestros esfuerzos no tardó en difundirse una versión tan maliciosa y exagerada, que se convirtió en fuente de muchas desagradables tergiversaciones y, como es natural, de gran incredulidad.

Ahora es necesario que dé a conocer los *hechos* –en la medida en que yo mismo lo comprendo–. Sucintamente son los que siguen:

Durante los últimos tres años me he sentido repetidamente atraído por el tema del hipnotismo, y hace alrededor de nueve meses, de repente se me ocurrió que en la serie de experimentos efectuados hasta ahora existía una notoria e inexplicable omisión: todavía no se había hipnotizado a nadie *in articulo mortis*. Quedaba por ver, en primer lugar, si en esas condiciones existía en el paciente una susceptibilidad a la influencia magnética; y en segundo lugar, en caso de haberla, si su estado aumentaba o disminuía dicha susceptibilidad; y tercero, hasta qué punto y durante cuánto tiempo sería capaz el proceso hipnótico de detener la intromisión de la Muerte. Había otros puntos que investigar, pero esos eran los que más excitaban mi curiosidad, en especial el último, por la tremenda importancia de sus consecuencias.

Al buscar a mi alrededor algún sujeto por cuyo intermedio pudiera verificar esos detalles, recordé a mi amigo, M. Ernest Valdemar, el renombrado compilador de la «Biblioteca Forensica» y autor (bajo el *nom de plume* Issachar Marx) de las versiones polacas de «Wallenstein» y «Gargantúa». M. Valdemar, residente desde 1839 en Harlem, Nueva York, es (o era) particularmente notable por su extrema delgadez: sus piernas se parecían mucho a las de John Randolphy, y también por la blancura de sus patillas que contrastaban violentamente con su cabello negro, que por lo general se confundía con una peluca. Su temperamento sumamente nervioso lo convertía en un excelente sujeto para experiencias hipnóticas. En dos o tres ocasiones había logrado dormirlo sin gran dificultad, pero me desilusionó no lograr los resultados que su peculiar constitución naturalmente me llevaba a prever. Su voluntad nunca quedaba sujeta a mi completo dominio, y en lo que respecta a *clarividencia* no pude lograr con él ningún efecto confiable. En ese sentido, siempre atribuí mis fracasos a su mal estado de salud. Algunos meses antes de conocernos, los médicos lo habían declarado tuberculoso. Tenía la costumbre de referirse con toda tranquilidad a su próxima extinción, como algo que no se podía evitar ni lamentar.

La primera vez que se me ocurrieron las ideas a que he aludido, fue, por supuesto, muy natural que pensara en M. Valdemar. Conocía demasiado bien su serena filosofía para temer escrúpulos de su parte; y no tenía parientes en América que pudieran oponerse. Le hablé con franqueza del asunto y, para mi sorpresa, me pareció vivamente interesado. Digo para mi sorpresa porque, si bien siempre se había prestado libremente a mis experimentos, hasta entonces nunca había demostrado interés por lo que yo hacía. Su enfermedad era de las que permiten calcular con exactitud la época en que desembocaría en la muerte. Por fin convinimos que me mandaría a buscar alrededor de veinticuatro horas antes del momento fijado por los médicos para su fallecimiento.

Hace ya bastante más de siete meses que recibía la siguiente nota escrita por el mismo M. Valdemar:

> Mi estimado P.
>
> Conviene que venga ya. D... y F... coinciden en que no viviré más allá de la medianoche de mañana, y creo que han calculado el tiempo con mucha exactitud.
>
> Valdemar.

Recibí la nota media hora después de haber sido escrita y quince minutos más tarde estaba en el dormitorio del moribundo. Hacía diez días que no lo veía, y me espantó el terrible cambio producido en él luego de tan breve lapso. Su rostro era de un tono plomizo; sus ojos carecían de todo brillo; y su delgadez era tan extrema que los huesos de los pómulos le atravesaban la piel. Expectoraba todo el tiempo y el pulso era apenas perceptible. Sin embargo, lo notable era que conservaba tanto su lucidez mental como cierto grado de fuerza física. Hablaba con claridad, tomó calmantes sin ayuda alguna, y en el momento de entrar en su habitación lo encontré ocupado en hacer anotaciones a lápiz en una libreta. Estaba sentado en la cama, apoyado sobre varias almohadas. A su lado se hallaban los doctores D... y F...

Después de estrechar la mano de Valdemar, hice un aparte con los médicos y les pedí que me dieran un detalle minucioso del estado del paciente. Hacía dieciocho meses que su pulmón izquierdo se encontraba en un estado semióseo o cartilaginoso, y como era de prever, resultaba enteramente inútil para todo propósito vital. El pulmón derecho, en su parte superior, también aparecía parcialmente, aunque no del todo, osificado, mientras que la porción inferior no era más que una masa de tubérculos purulentos que se confundían unos con otros. Existían varias extensas perforaciones, y en un lugar se había producido una adherencia permanente a las costillas. Esos aspectos del lóbulo derecho eran de una fecha comparativamente reciente. La osificación se había producido con insólita rapidez; un mes antes no existían señales de ella y la adherencia se acababa de comprobar en los últimos tres días. Independientemente de la tuberculosis, los médicos sospechaban la existencia de un aneurisma de la aorta, pero en ese sentido, los síntomas de osificación hacían imposible un diagnóstico exacto. En opinión de ambos facultativos, M. Valdemar moriría alrededor de medianoche del día siguiente (domingo). En ese momento eran la siete de la tarde del sábado.

Al alejarse de la cama del moribundo para conversar conmigo, los doctores D... y F... se despidieron definitivamente de él. No tenían intenciones de volver a verlo, pero, a petición mía, convinieron en examinarlo a las diez de la noche del día siguiente.

Cuando los médicos partieron, hablé claramente con Valdemar sobre su inminente desaparición y le referí en detalle el experimento que me proponía llevar a cabo. Una vez más se mostró deseoso y hasta ansioso de realizarlo, y me urgió a iniciarlo sin pérdida de tiempo. Un enfermero y una enfermera atendían al paciente, pero no me sentí capaz de enfrentar una tarea de esa envergadura sin más testigos confiables que esas personas, por si se producía un repentino accidente. Por lo tanto, aplacé el operativo hasta alrededor de las ocho de la noche siguiente cuando la llegada de un estudiante de medicina a quien yo conocía (el señor Theodore L...I) me liberaría de toda preocupación. Mi intención original era esperar a los médicos, pero fui inducido a proceder, en primer lugar por los ruegos urgentes del señor Valdemar y, en segundo lugar por mi convicción de que no había un instante que perder porque era evidente que el paciente se agravaba segundo a segundo.

El señor L...I tuvo la amabilidad de acceder a mi petición de tomar notas de todo lo que sucediera. De esos apuntes surge todo lo que ahora me apresto a relatar; ya sea en forma condensada o *verbatim*.

Alrededor de las ocho menos cinco, tomé la mano del paciente y le rogué que manifestara, con la mayor claridad posible ante L...I, si él (M. Valdemar) estaba completamente dispuesto a que yo hiciera el experimento de hipnotizarlo en el estado en que se encontraba.

Respondió con voz débil, pero claramente audible:

–Sí, deseo ser hipnotizado. –Agregando enseguida–. Me temo que lo haya postergado demasiado.

Mientras él hablaba, empecé a efectuar los pases que, en ocasiones anteriores, habían resultado más eficaces para someterlo. Sin duda había percibido el influjo de mi mano cuando la moví en sentido lateral sobre su frente, pero pese a que puse en juego todos mis poderes, no pude lograr otros efectos hasta algunos minutos después de las diez, cuando de acuerdo con lo prometido, llegaron los doctores D...y F... Les expliqué en pocas palabras lo que me proponía hacer y como no pusieron objeciones, declarando que el paciente ya estaba en coma, continué sin vacilar, cambiando sin embargo los pases laterales por otros verticales y concentrando la mirada en el ojo derecho del enfermo.

En ese momento su pulso era imperceptible y respiraba entre estertores, a intervalos de medio minuto.

Esta situación se mantuvo prácticamente sin variantes durante un cuarto de hora. Sin embargo, al terminar este período, del pecho del moribundo escapó un suspiro perfectamente natural, aunque muy profundo, y cesaron los estertores... es decir, los estertores ya no fueron aparentes; los intervalos de la respiración no se acortaron. Las extremidades del paciente estaban frías como el hielo.

A las once menos cinco percibí inequívocas señales de influencia hipnótica. La mirada vidriosa de los ojos se trocó en esa expresión de inquieto examen interior que sólo se ve en casos de hipnotismo y que no admite error alguno. Con unos rápidos pases laterales hice palpitar los párpados, como en sueño incipiente, y con algunos más los cerré por completo. Sin embargo no estaba satisfecho con eso, sino que continué vigorosamente las manipulaciones poniendo en ellas toda mi fuerza de voluntad hasta lograr la completa rigidez de los miembros del durmiente, después de colocarlos en una posición que me pareció cómoda. Las piernas estaban completamente estiradas, también los brazos, aunque no del todo, y se veían reposar sobre la cama a poca distancia de los costados. Tenía la cabeza levemente elevada.

Una vez que hube logrado esto ya era medianoche, y pedí a los caballeros presentes que examinaran el estado de M. Valdemar. Después de algunas verificaciones, admitieron que se encontraba en un poco usual y perfecto estado de trance hipnótico. La curiosidad de ambos facultativos se había despertado en grado sumo. El doctor D... resolvió de inmediato que permanecería toda la noche con el paciente, mientras que el doctor F... se marchó con la promesa de regresar a primera hora de la mañana siguiente. El señor L...I y los enfermeros se quedaron.

Dejamos descansar al señor Valdemar hasta alrededor de las tres de la mañana, hora en que me acerqué a él y comprobé que seguía en el mismo estado que al marcharse el doctor F.... es decir, acostado en idéntica posición y con un pulso imperceptible. La respiración era suave; su aliento casi no se advertía a menos que se le acercara un espejo a los labios; los ojos estaban naturalmente cerrados, y las extremidades tan rígidas y frías como el mármol. Sin embargo, su apariencia general, decididamente no era la de la muerte.

Al acercarme a M. Valdemar, hice un ligero esfuerzo para influir sobre su brazo derecho y lograr que siguiera los movimientos del mío, que pasaba con suavidad, de un lado a otro, sobre su persona. Este tipo de experimento jamás había dado resultado con este paciente, pero ante mi estupefacción, en ese momento vi que su brazo, muy dispuesto, aunque débil, seguía los movimientos que le señalaba el mío. Entonces decidí intentar una breve conversación.

–¿Está dormido, M. Valdemar?– pregunté. Aunque no me respondió, percibí un temblor en sus labios que me indujo a repetir la pregunta una y otra vez. A la tercera vez, un leve temblor agitó todo su cuerpo; los párpados se levantaron lo suficiente para mostrar una línea del blanco del ojo; los labios se movieron imperceptiblemente y de ellos surgió un susurro apenas audible. Dijo:

–Sí... ahora duermo. ¡No me despierte! ¡Permítame morir así!

Le palpé los miembros y los encontré igualmente rígidos. Lo mismo que antes, el brazo derecho obedecía las instrucciones de mi mano. Volví a interrogar al durmiente.

–¿Todavía le duele el pecho, M. Valdemar?

La respuesta fue ahora inmediata, pero aún más inaudible que antes.

–No tengo dolor... Me estoy muriendo.

No creí aconsejable seguir molestándolo en ese momento y no dije ni hice nada más hasta la llegada del Dr. F..., quien arribó poco antes del amanecer y expresó infinita sorpresa al encontrar todavía con vida al paciente. Después de tomarle el pulso y de acercarle un espejo a los labios, me pidió que volviera a hablarle. Yo así lo hice, diciendo:

–¿Sigue usted dormido, Valdemar?

Lo mismo que la vez anterior transcurrieron algunos minutos antes de que obtuviéramos una respuesta, y durante ese lapso el moribundo dio muestras de estar reuniendo fuerzas para hablar. Cuando repetí por cuarta vez la pregunta, murmuró con voz muy débil y casi inaudible:

–Sí, todavía dormido... muriéndome.

En ese momento, la opinión, o más bien el deseo de los facultativos era que M. Valdemar permaneciera en su estado actual de aparente tranquilidad hasta que sobreviniera la muerte, cosa que, según el consenso general, debía ocurrir en pocos minutos más. Sin embargo, yo decidí que le hablaría otra vez más, y simplemente repetí mi pregunta anterior.

Mientras lo hacía, se produjo un notable cambio en las facciones del sonámbulo. Abrió lentamente los ojos y las pupilas desaparecieron hacia arriba; su piel adquirió un tono cadavérico más parecido al papel blanco que al pergamino, y el rubor tísico que hasta ese momento se destacaba con claridad en el centro de cada mejilla, se apagó de inmediato. Utilizo esta expresión porque lo repentino de su desaparición me recordó a la vela que se apaga con un soplido. Al mismo tiempo el labio superior se replegó sobre sí mismo dejando al descubierto los dientes que hasta ese momento cubría por completo; mientras la mandíbula caía con una brusca sacudida, dejando la boca completamente abierta y revelando la lengua hinchada y ennegrecida. Supongo que todos los presentes estaban acostumbrados a los horrores de la muerte, pero en ese momento la apariencia de M. Valdemar era hasta tal punto espantosa que provocó un movimiento general de retroceso.

Tengo la sensación de que he llegado ahora a un punto del relato en que todos los lectores se sentirán sobresaltados hasta una total incredulidad. Sin embargo, creo que es mi deber continuar.

Ya no había el menor signo de vitalidad en M. Valdemar, y convencidos de que había muerto lo dejábamos ya a cargo de los enfermeros, cuando observamos un fuerte movimiento vibratorio en su lengua. Esa vibración se mantuvo tal vez durante un minuto. Después de ese lapso, de las distendidas e inmóviles mandíbulas surgió una voz que resultaría completamente insensato tratar de describir. Existen en realidad dos o tres epítetos que serían parcialmente aplicables; podría decir, por ejemplo que era un sonido áspero, quebrado y hueco, pero en su horrenda totalidad resulta indescriptible, por la sencilla razón de que jamás oído humano alguno ha percibido sonido semejante. Sin embargo, hubo dos particularidades que en ese momento consideré y sigo considerando que pueden señalarse como características de la entonación y que se adaptan a la posibilidad de transmitir una idea de su calidad extraterrena. En primer lugar, la voz parecía llegar a nuestros oídos –por lo menos a los míos– desde una gran distancia, o desde una caverna en las profundidades de la tierra. En segundo lugar, me produjo la misma sensación (realmente temo que me resultará imposible hacerme comprender) que una materia gelatinosa o viscosa produce en el sentido del tacto.

He hablado tanto de «sonido» como de «voz». Quiero decir que el sonido era un silabeo preciso, casi maravillosa y emocionantemente nítido. M. Valdemar *hablaba* obviamente en respuesta a las preguntas que le había formulado momentos antes. Como se recordará, le preguntaba si todavía dormía. Ahora dijo:

–Sí... No... *Estuve* durmiendo... y ahora... ahora... *estoy muerto.*

Ninguno de los presentes intentó siquiera negar, ni tratar de reprimir el estremecedor espanto que esas pocas palabras, así pronunciadas, tenían que producir. El señor L...I (el estudiante) se desvaneció. Los enfermeros salieron de inmediato del dormitorio y fue imposible convencerlos de que volvieran. No pretenderé tratar de explicar mis propias impresiones al lector. Durante casi una hora, sin pronunciar una sola palabra, nos entregamos a la silenciosa tarea de conseguir que L...I volviera en sí. Una vez que él recuperó la conciencia, nuevamente pudimos dedicarnos a investigar el estado de M. Valdemar.

Seguía en todo sentido tal como lo he descrito anteriormente, salvo que el espejo ya no daba pruebas de su respiración. Un intento de sangrarle el brazo fracasó. Debo agregar también que éste ya no obedecía a mi voluntad. Me esforcé en vano por lograr que siguiera la dirección de mi mano. En realidad, ahora, la única verdadera indicación de la influencia hipnótica era el movimiento vibratorio de la lengua cada vez que volvía a formularle una pregunta. Parecía estar haciendo un esfuerzo por responder, aunque carecía ya de suficiente voluntad. Ante las preguntas que le formulara cualquier otra persona que no fuese yo, se mostraba completamente insensible, pese a que me esforcé en poner a cada uno de los presentes en *rapport* hipnótico con él. Creo haber relatado ya todo lo necesario para que se comprenda el estado del paciente hipnotizado en ese momento. Se consiguieron nuevos enfermeros, y a las diez de la mañana abandoné la casa en compañía de los dos médicos y del señor L...I.

Por la tarde, todos volvimos a ver al paciente. Su estado era exactamente el mismo. Discutimos sobre la conveniencia y posibilidad de despertarlo, pero no nos costó llegar a la conclusión de que con ello no lograríamos nada positivo. Era evidente que, hasta ese momento, la muerte (o lo que habitualmente se denomina muerte) había sido detenida por el proceso de hipnosis. Nos parecía claro que despertar a M.

Valdemar sería asegurar su instantáneo o por lo menos rápido fallecimiento.

Desde ese momento hasta fines de la semana pasada –es decir, *durante casi siete meses*– continuamos visitando diariamente la casa de M. Valdemar, acompañados de vez en cuando, por médicos y antiguos amigos. Durante todo este tiempo el hipnotizado permaneció *exactamente* como lo he descrito. Los enfermeros lo atendían continuamente.

Por fin el viernes pasado resolvimos llevar a cabo el experimento de despertarlo, o de intentar despertarlo; tal vez el resultado lamentable de este último experimento sea lo que ha dado pábulo a tantas discusiones en círculos privados, dando pie a una opinión pública que no puedo sino considerar injustificada.

Con el fin de liberar a M. Valdemar del trance hipnótico, recurrí a los pases acostumbrados. Estos, durante un tiempo, resultaron infructuosos. La primera señal de retorno a la vida la proporcionó un descenso parcial del iris. Como detalle notable, pudo observarse que el descenso parcial de la pupila iba acompañado por un profuso flujo de icor amarillento (desde debajo de los párpados) y que despedía un olor penetrante y altamente desagradable.

Se me sugirió que, igual que antes, debía tratar de influir sobre el brazo del paciente. Hice el intento, y fracasé. Entonces el Dr F... me pidió que interrogara al enfermo. Lo hice de esta manera:

–¿M. Valdemar, puede explicarnos lo que siente o desea en este momento?

Las mejillas instantáneamente recobraron su rubor hético; la lengua se estremeció o, más bien, rodó violentamente dentro de la boca (aunque las mandíbulas y los labios permanecían tan rígidos como antes) y por fin resonó esa voz odiosa que ya he tratado de describir:

–¡Por amor a Dios! ... ¡rápido! ... ¡duérmame... o despiérteme...despiérteme! ... ¡rápido! ... *¡Le digo que estoy muerto!*

Me amilané por completo y durante un instante no supe qué hacer. Al principio traté de tranquilizar al paciente, pero al fracasar por una total suspensión de la voluntad, di marcha atrás y luché con todas mis fuerzas por despertarlo. Pronto me di cuenta de que tendría éxito en este intento –o por lo menos imaginé que mi éxito sería completo– y estoy seguro de que todos los presentes estaban preparados para ver despertar al paciente.

Pero era completamente imposible que ningún ser humano estuviera preparado para lo que realmente ocurrió.

Mientras ejecutaba con rapidez los pases hipnóticos entre exclamaciones de «¡Muerto! ¡Muerto!» que virtualmente explotaban de la lengua y no de los labios del sufriente, en un minuto o quizá menos todo su cuerpo se encogió, se deshizo se pudrió entre mis manos. Sobre la cama, ante los ojos de todos los presentes no quedó más que una masa casi líquida de repugnante, de detestable putrefacción.

LOS CRÍMENES DE LA RUE MORGUE

La canción que cantaban las sirenas o el nombre que adoptó Aquiles al ocultarse entre mujeres, son asuntos que, aunque enigmáticos, no se encuentran más allá de toda conjetura.

SIR THOMAS BROWNE

Las características de la inteligencia que se definen como analíticas son, en sí mismas, poco susceptibles de análisis. Las apreciamos sólo en sus efectos. Entre otras cosas, sabemos de ellas que para quien las posee en grado sumo son siempre fuente de la mayor diversión. Así como el hombre fuerte goza con su destreza física y se fascina con los ejercicios que exige la acción de sus músculos, así se solaza el analista en esa actividad del espíritu que consiste en *desenredar*. Goza incluso con las ocupaciones más triviales, siempre que pongan en juego su talento. Le gustan los enigmas, los acertijos, los jeroglíficos y demuestra, en la solución de cada uno de ellos, un grado de perspicacia que para el hombre común parece sobrenatural. Sus resultados, obtenidos gracias al alma y esencia del método, tienen, en verdad, todo el aire de la intuición. Posiblemente la facultad de resolución se vea grandemente vigorizada por el estudio de las matemáticas y en especial por su rama más alta que, injustamente y sólo a causa de sus operaciones retrógradas, ha sido llamada análisis como si se tratara de un análisis *par excellence*. Sin embargo, calcular no es en sí mismo, analizar. Un jugador de ajedrez, por ejemplo, hace lo primero sin esforzarse por lo segundo. De allí que, en lo que concierne a sus efectos sobre la capacidad intelectual, el ajedrez sea un juego mal apreciado. No intento aquí escribir un tratado, sino meramente prologar una historia ciertamente extraña con observaciones hechas al azar; por lo tanto aprovecharé la ocasión para afirmar que el poco ostentoso juego de damas exige un grado más alto y beneficioso de inteligencia reflexiva que toda la elaborada frivolidad del ajedrez. En este último, donde las piezas tienen movimientos distintos y extraños, con varios y variables valores, lo que es sólo complejo se confunde (error no poco habitual) con lo profundo. Aquí entra poderosamente en juego la *atención*. Si ésta decae por un instante, se comete un descuido cuyo resultado es un perjuicio o la derrota. Como los movimientos posibles son no sólo múltiples, sino complejos, las posibilidades de descuido se multiplican y en nueve casos de cada diez el que triunfa es el jugador más concentrado en lugar del más agudo. En las damas, por el contrario, donde los movimientos son *únicos* y tienen poca variación, las probabilidades de inadvertencia disminuyen, por lo que la simple atención queda comparativamente en un segundo plano, y los jugadores obtienen ventaja en base a una perspicacia superior. Para ser menos abstractos, supongamos un partido de damas donde las piezas se reducen a cuatro y donde, por cierto, no cabe esperar el menor descuido. Es evidente que (siempre que los jugadores sean de pareja inteligencia) en este caso sólo decide la victoria un movimiento *recherché*, resultado de un profundo esfuerzo intelectual. Privado de recursos ordinarios, el analista busca en el espíritu de su contrincante, se identifica con él y con frecuencia alcanza a percibir de una sola mirada el único método, (a veces absurdamente sencillo) mediante el que podrá inducirlo a cometer un error o a caer en un falso cálculo.

Hace mucho tiempo que el *whist* es célebre por su influencia sobre lo que ha dado en llamarse la capacidad del cálculo; y hombres del más alto nivel intelectual han gozado profundamente con él, mientras se negaban a jugar al ajedrez por considerarlo frívolo. No cabe duda de que no existe cosa alguna que ponga a prueba hasta tal punto la capacidad analítica. El mejor ajedrecista de la cristiandad no puede llegar a ser mucho más que el mejor jugador de ajedrez; pero destacarse en el *whist* implica poseer la capacidad de triunfar en todas aquellas empresas más importantes donde la mente se enfrenta con la mente. Y cuando hablo de destacarse, me refiero a esa perfección en el juego que incluye la comprensión de todas las posibilidades que puedan aportar una legítima ventaja. Éstas no sólo son múltiples sino multiformes, y con frecuencia yacen en capas tan profundas de la inteligencia que son por completo inaccesibles al entendimiento común. Observar con atención equivale a recordar con claridad; y hasta allí el ajedrecista concentrado jugará bien al *whist*, en tanto las reglas de Hoyle (en sí mismas basadas en el mero mecanismo del juego) son suficientemente comprensibles. Por lo tanto, poseer una memoria retentiva y proceder de acuerdo «con el libro» son puntos comúnmente considerados como el *sumun* del buen jugar. Pero la capacidad del analista se evidencia en asuntos que van más allá de los límites de las simples reglas. En silencio, realiza un cúmulo de observaciones y de deducciones. Y tal vez sus compañeros hagan lo mismo; y la diferencia en la extensión de los datos obtenidos no se basa tanto en la validez de la deducción como en la calidad de la observación. Es necesario saber *qué* se debe observar. Nuestro jugador no se aísla dentro de sí mismo, y –dado que el objetivo es el juego– tampoco rechaza deducciones surgidas de detalles ajenos al juego. Estudia el semblante de su compañero, comparándolo cuidadosamente con el de cada uno de sus contrincantes. Considera el modo en que cada uno coloca las cartas en su mano, deduciendo muchas veces cada triunfo y cada honor por las miradas que cada uno de los jugadores les dirige. A medida que avanza el juego, toma nota de cada cambio facial, reuniendo un capital de ideas nacidas de diferencias de expresión: seguridad, sorpresa, triunfo o desilusión. Por la manera de recoger una baza, juzga si el que acaba de tomarla puede convertir otra en el mismo palo. Reconoce los amagos por el modo de arrojar una carta sobre la mesa. Una palabra casual o inadvertida; la caída o vuelta accidental de una carta con la consiguiente ansiedad o descuido al ocultarla; la manera de contar las bazas y el orden en que se las coloca; el desconcierto, la vacilación, la ansiedad o el temor... todo eso proporciona indicaciones acerca del verdadero estado de las cosas a su percepción intuitiva. Después de haber jugado las primeras dos o tres bazas, se encuentra en plena posesión del contenido de la mano de cada jugador y, por lo tanto, juega sus cartas con una precisión absoluta, como si el resto de los jugadores le hubiera mostrado las suyas.

El poder analítico no debe confundirse con el simple ingenio; puesto que mientras el analista es necesariamente ingenioso, el hombre ingenioso es, con frecuencia, completamente incapaz de analizar. La facultad constructiva o de combinación mediante la que por regla general se manifiesta el ingenio, y a la que los frenólogos han asignado (a mi juicio erróneamente) un órgano aparte, suponiendo que se trata de una facultad básica, se ha visto con tanta frecuencia en personas cuyo intelecto orillaba la idiotez, como para haber llamado la atención a escritores que se especializan en moral. Entre el ingenio y la capacidad analítica existe una diferencia, sin duda mucho mayor que entre la fantasía y la imaginación, pero de carácter estrictamente análogo. En efecto, el ingenioso posee siempre gran capacidad de fantasía, mientras que la persona *verdaderamente* imaginativa, es siempre un analista.

La siguiente historia será para el lector, algo así como un comentario sobre las opiniones que anteceden.

Mientras residía en París, durante la primavera y parte del verano de 18.., me relacioné con un tal C. Auguste Dupin.

Este joven caballero pertenecía a una excelente, en realidad ilustre familia, pero una serie de infortunados acontecimientos lo habían reducido a un grado tal de pobreza que su enérgico carácter se debilitó, lo obligó a alejarse del mundo y a no ocuparse en recuperar su fortuna. Por cortesía de sus acreedores conservaba una pequeña parte de su patrimonio y, mediante una rigurosa economía, la renta que ese remanente le producía le bastaba para cubrir las necesidades esenciales de la vida, siempre que prescindiera de lo superfluo. En realidad, los libros eran su único lujo, y en París no es difícil conseguirlos.

Nuestro primer encuentro se produjo en una oscura librería de la rue Montmartre. La casualidad de que ambos buscáramos el mismo libro –tan raro como notable– sirvió para acercarnos. Volvimos a vernos una y otra vez. Yo estaba profundamente interesado en la pequeña historia familiar que él me detallaba con el candor típico del francés cuando habla de sí mismo. Me sorprendía, también, su vasta cultura y, sobre todo, sentí que mi alma se encendía ante el fervor ardiente y la frescura vivaz de su imaginación. Considerando lo que yo buscaba en ese momento en París, tuve la sensación de que la amistad de un hombre semejante sería para mí un tesoro invalorable, y se lo dije con franqueza. Por fin decidimos que viviríamos juntos durante mi estancia en la ciudad, y como mis circunstancias terrenales eran menos complicadas que las suyas, se me permitió hacerme cargo del alquiler y amoblamiento –en un estilo acorde con la melancolía bastante fantástica de nuestros caracteres– de una mansión decrépita y grotesca, largo tiempo abandonada a causa de supersticiones sobre las cuales no hicimos preguntas, y que se acercaba a su ruina total, en un lugar solitario y retirado del Faubourg St. Germain.

Si la rutina de nuestra vida en ese lugar hubiera llegado a conocimiento del mundo, se nos habría considerado locos, aunque quizá, locos inofensivos. Nuestro aislamiento era perfecto. No admitíamos visitas. En realidad, nuestro retiro era un secreto que mantuve celosamente guardado ante mis antiguos amigos; en cuanto a Dupin, hacía muchos años que había dejado de ver gente y de ser conocido en París. Sólo existíamos dentro de nosotros mismos.

Una rareza fantasiosa de mi amigo (¿con qué otra palabra definirla?) era amar la noche por la noche misma, y a esta *bizarrerie* me abandoné en silencio como a todas las demás, entregándome con perfecto *abandon* a sus extraños caprichos. No era posible que la negra divinidad permaneciera siempre con nosotros, pero podíamos imitar su presencia. A las primeras luces del alba cerrábamos las pesadas persianas de nuestra vieja casa, encendíamos un par de cirios fuertemente perfumados, que sólo despedían rayos débiles y mortecinos. Con su ayuda ocupábamos nuestras almas en soñar... leyendo, escribiendo o conversando hasta que el reloj nos anunciaba el advenimiento de la verdadera Oscuridad. Entonces salíamos a la calle del brazo, continuando la conversación del día o vagando hasta muy tarde, mientras entre las luces y sombras de la ciudad populosa buscábamos esa infinidad de excitaciones intelectuales que puede proporcionar la observación silenciosa.

Yo no dejaba en esas circunstancias de observar y admirar la peculiar capacidad analítica de Dupin (aunque dada su riqueza de imaginación era lógico esperarla). Él también parecía solazarse profundamente en ejercitarla –aunque no precisamente en exhibirla– y no titubeaba en confesar el placer que le producía. Con una risita, se jactaba de que, ante él, casi todos los hombres tenían una ventana en el pecho y estaba dispuesto a demostrar sus afirmaciones mediante pruebas directas y sumamente sorprendentes del conocimiento íntimo que de mí tenía. En esos momentos su actitud era fría y abstraída; los ojos inexpresivos, y su voz, por lo general de un rico tono de tenor, se elevaba en un falsete que hubiera resultado petulante de no mediar sus palabras muy deliberadas y precisas. Al verlo en ese estado de ánimo, a menudo recordaba la antigua filosofía del *alma doble* y me divertía con la imagen de un doble Dupin: el creativo y el decidido.

No se piense, por lo que acabo de decir, que estoy detallando un misterio o escribiendo una novela. Lo que he dicho de mi amigo francés era simplemente el resultado de una inteligencia excitada o quizás enfermiza. Pero un ejemplo será la mejor manera de demostrar con claridad el carácter de sus comentarios durante esos períodos.

Deambulábamos una noche por una calle larga y sucia, en las vecindades del Palais Royal. Enfrascados en nuestros pensamientos, ninguno de los dos había pronunciado una sílaba durante por lo menos quince minutos. Y, de repente, Dupin dijo:

–Sí, es cierto, es un hombrecito muy pequeño y estaría mejor en el *Théâtre des Variétés*.

–No hay duda alguna –contesté inadvertidamente, sin darme cuenta (tan absorto estaba en mis reflexiones) de la forma extraordinaria en que las palabras de Dupin coincidían con mis meditaciones. Pero al instante tomé conciencia de ello y mi sorpresa fue profunda.

–Dupin –dije con seriedad–, esto va más allá de mi comprensión. No vacilo en decir que estoy sorprendido, que apenas doy crédito a mis sentidos. ¿Cómo es posible que supiera que yo estaba pensando en...? –Allí hice una pausa para cerciorarme, fuera de toda duda, de que él sabía en quién estaba pensando.

–...en Chantilly –acotó él–. ¿Por qué se detiene? Usted se decía que su figura diminuta le impide interpretar personajes trágicos.

Ese era, precisamente, el tema de mis reflexiones. Chantilly era un antiguo remendón de la rue St. Denis que, apasionado por el teatro, interpretó el papel de Jerjes en la tragedia homónima de Crébillon, y logró solamente que el público se riera de sus afanes.

–¡Por amor de Dios –exclamé–, explíqueme el método –si es que existe un método– que le permite leer así las profundidades de mi alma! –En realidad me encontraba aún más sorprendido de lo que estaba dispuesto a reconocer.

–Fue el frutero –replicó mi amigo– quien lo hizo llegar a la conclusión de que el remendón no era suficientemente alto para interpretar a Jerjes *et id genus omne*.

–¡El frutero! Me sorprende. ¡No conozco a ningún frutero!

–El hombre con quien se topó al entrar en esta calle... hace alrededor de quince minutos.

Entonces recordé que un frutero, con una gran canasta de manzanas sobre la cabeza, estuvo a punto de hacerme caer accidentalmente cuando pasábamos de la rue C... a la que recorríamos en ese momento, pero no comprendía qué relación podía tener eso con Chantilly.

En Dupin no había ni una partícula de *charlatanería*.

–Se lo explicaré –dijo–, y para que pueda comprenderlo todo con claridad, comenzaremos por remontar el curso de sus reflexiones desde el momento en que le hablé hasta el de su encontronazo con el frutero. Los principales eslabones de la cadena son éstos: Chantilly, Orión, el Dr. Nichols, Epicuro, la estereotomía, el pavimento y el frutero.

Hay pocas personas que en algún momento de su vida no se hayan divertido en remontar los pasos que los llevaron a determinadas conclusiones. Con frecuencia esta ocupación resulta sumamente interesante y quien la acomete por primera vez se sorprende por la distancia ilimitada e incoherente que existe entre el punto de partida y la meta. ¡Cuál no habrá sido, entonces, mi asombro al escuchar las palabras de mi amigo francés, al no poder menos que reconocer que había dicho la verdad!

–Si mal no recuerdo –continuó diciendo Dupin–, justo antes de abandonar la rue C... habíamos estado hablando de caballos. Ese fue nuestro último tema de conversación. Al entrar en esta calle, un frutero, con una gran canasta sobre la cabeza pasó a nuestro lado con rapidez y lo empujó sobre una pila de adoquines amontonados a causa de la reparación de la calle. Usted pisó uno de esos adoquines sueltos, resbaló, se torció levemente el tobillo, se volvió con enojo o malhumor, miró la pila de piedras y siguió caminando en silencio. Yo no presté particular atención a lo que usted hacía, pero últimamente la observación se ha convertido para mí en una especie de necesidad.

»Usted mantuvo la mirada clavada en el piso, observando con expresión petulante los agujeros del pavimento (por lo que afirmo que seguía pensando en los adoquines) hasta que llegamos a la callejuela llamada Lamartine que, como experimento, ha sido pavimentada con bloques remachados. Allí su expresión se iluminó y, al percibir que movía los labios, no dudé de que pronunciaba la palabra "estereotomía", un término pretencioso que se aplica a este tipo de pavimento. Sabía que no pronunciaría la palabra estereotomía sin pensar en átomos y pasar de ellos a las teorías de Epicuro. Pues bien, cuando no hace mucho tiempo hablamos de ese tema, le hice notar la manera curiosa y poco conocida en que las vagarosas conjeturas de ese noble griego fueron confirmadas recientemente por la cosmogonía de las nebulosas. Supe que usted no dejaría de levantar la mirada hacia la gran *nebula* de Orión, y ciertamente esperaba que así lo hiciera. Usted miró hacia arriba; comprobé entonces que había seguido correctamente sus pasos. Pero en esa amarga *tirade* contra Chantilly que apareció en el *Musée* de ayer, el escritor satírico hace algunas desagradables alusiones al cambio de nombre del remendón antes de calzar los coturnos, y cita un verso latino sobre el que hemos conversado repetidas veces. Me refiero a:

Perdidit antiquum litera prima sonum[1]

»Yo le había dicho que se refería a Orión, que antes se escribía Uxión, y debido a cierta acritud relacionada con esa explicación, supe que usted no podía haberlo olvidado. Por lo tanto, era evidente que no podía menos que relacionar las ideas de Orión y Chantilly. Y la fugaz sonrisa que pasó por sus labios me lo confirmó. Usted pensaba en la inmolación del pobre remendón. Hasta ese momento había caminado un poco inclinado, pero de repente lo vi alzarse en toda su estatura. Estaba convencido de que reflexionaba sobre la diminuta figura de Chantilly. En ese punto interrumpí sus pensamientos para comentar que en efecto, el tal Chantilly era muy pequeño y que le iría mejor en el *Théâtre des Variétés*.

Poco después, leíamos la edición nocturna de la «Gazette des Tribunaux» y los párrafos siguientes llamaron nuestra atención.

«Extraordinarios asesinatos.– Esta madrugada, alrededor de las tres, los habitantes del Quartier St. Roche, despertaron al oír una sucesión de horribles alaridos que aparentemente surgían del cuarto piso de una casa de la rue Morgue, cuyos únicos moradores eran una tal madame L'Espanaye y su hija, mademoiselle Camille L'Espanaye. Después de cierta demora, ocasionada por el inútil intento de entrar a la casa

---

1. «La primera letra destruye el antiguo sonido» *(N. de la T.)*

de la manera habitual, se procedió a forzar la puerta con una ganzúa y entraron ocho o diez vecinos acompañados por dos gendarmes. Para entonces, los gritos habían cesado, pero cuando el grupo subía el primer tramo de la escalera se oyeron una o más voces duras, en airada discusión, que parecían proceder de la parte superior de la casa. Al llegar al segundo rellano, esos sonidos también habían cesado y todo se hallaba en el más profundo de los silencios. El grupo se separó y sus integrantes empezaron a recorrer las habitaciones, una por una. Al llegar a un amplio dormitorio del cuarto piso (cuya puerta debieron forzar por haberla encontrado cerrada con llave del lado de adentro) se vieron ante un espectáculo que produjo horror y estupefacción en todos los presentes.

»El cuarto se hallaba en el mayor desorden; los muebles, rotos, habían sido arrojados en todas direcciones. El colchón de la única cama estaba tirado en el medio del piso. Sobre una silla había una navaja, tinta en sangre. Sobre la chimenea se veían dos o tres mechones largos y espesos de pelo humano gris, también manchados de sangre, y que parecían haber sido arrancados de raíz. Sobre el piso había cuatro napoleones, un aro de topacios, tres grandes cucharas de plata, tres más pequeñas de *metal d'Alger* y dos bolsas, que contenían casi cuatro mil francos en oro. Los cajones de un *bureau*, ubicado en un rincón del cuarto, estaban abiertos y habían sido aparentemente saqueados, aunque en ellos todavía quedaban numerosos objetos. Debajo de la cama (y no del colchón) descubrieron una pequeña caja fuerte de hierro. Estaba abierta y todavía conservaba la llave en la cerradura. Sólo contenía algunas viejas cartas y otros papeles sin importancia.

»No se veían rastros de madame L'Espanaye, pero al notar una insólita cantidad de hollín dentro de la chimenea, procedieron a revisar el tiraje y encontraron (¡algo horrible de describir!) el cadáver de la hija, cabeza abajo, embutido en la estrecha abertura. El cuerpo estaba tibio. Al examinarlo, percibieron innumerables escoriaciones, sin duda ocasionadas por la violencia con que fue introducida y arrancada del tiraje de la chimenea. La cara tenía profundos arañazos y en el cuello había oscuros moretones, y profundas huellas de uñas, como si hubieran estrangulado a la víctima.

»Después de realizar una concienzuda investigación por el resto de la casa sin descubrir nada más, el grupo se dirigió al pequeño patio de la parte trasera del edificio, donde encontraron el cadáver de la anciana señora, tan salvajemente degollada, que al tratar de alzar el cuerpo, se le desprendió la cabeza. El cuerpo, lo mismo que la cabeza, estaba horriblemente mutilado... hasta el punto de que apenas conservaba apariencia humana.

»Creemos que hasta el momento no existe la menor pista que conduzca al esclarecimiento de tan horrible misterio.»

La edición del diario del día siguiente contenía detalles adicionales.

«*La tragedia de la rue Morgue.* Diversas personas fueron interrogadas con referencia a este caso extraordinario y atemorizante, (en Francia, la palabra "caso" todavía no posee la levedad que tiene entre nosotros), pero hasta ahora no ha trascendido nada que arroje luz sobre el crimen. A continuación transcribimos los testimonios obtenidos:

»*Pauline Dubourg*, lavandera, declaró que conocía desde hacía tres años a ambas víctimas, cuya ropa se ocupaba de lavar. La anciana señora y su hija parecían llevarse bien, eran muy afectuosas entre sí. Pagaban con generosidad. No pudo dar detalles con respecto a sus costumbres y medios de vida. Creía que madame L. se ganaba la subsistencia diciendo la buenaventura. Se suponía que tenía dinero guardado. Nunca se encontró con personas ajenas a la casa cuando iba a buscar o a entregar la ropa. Estaba segura de que no tenían sirvienta. Creía que, con excepción del cuarto piso, no había muebles en la casa.

»*Pierre Moreau*, vendedor de tabaco, declaró que desde hace cuatro años vendía pequeñas cantidades de tabaco y de rapé a madame L'Espanaye. Nació en el barrio y siempre residió allí. Desde hacía más de seis años, la difunta y su hija ocupaban la casa donde se encontraron sus cadáveres. Con anterioridad la ocupaba un joyero, que subalquilaba las habitaciones superiores a distintas personas. La casa era de propiedad de madame L. Disgustada por los abusos que cometían los inquilinos, la anciana señora ocupó personalmente la casa y se negó a alquilar parte alguna de ella. Madame L. daba muestras de senilidad. El testigo había visto a la hija en cinco o seis oportunidades durante los últimos seis años. Ambas llevaban una vida extremadamente retirada, y se comentaba que tenían dinero. Había oído decir a los vecinos que madame L. decía la buenaventura, pero no lo creía. Nunca había visto entrar a nadie a la casa, con excepción de la anciana y su hija, un mozo de servicio en una o dos oportunidades y un médico ocho o diez veces.

»Muchos otros vecinos hicieron declaraciones parecidas. No se mencionó que nadie frecuentara la casa. Se ignoraba si madame L. y su hija tenían parientes vivos. Las persianas de las ventanas que daban a la calle se abrían en contadas ocasiones. Las de la parte posterior estaban siempre cerradas, con excepción de las del amplio dormitorio del cuarto piso. La casa era buena y no demasiado antigua.

»*Isidore Muset*, gendarme, declara que fue llamado a la casa alrededor de las tres de la madrugada y que, al llegar, encontró veinte o treinta personas que pugnaban por entrar. Por fin violentó la puerta con una bayoneta –y no con una ganzúa. No le costó demasiado abrirla pues se trataba de una puerta de dos hojas, sin pasadores arriba ni abajo. Los alaridos continuaron hasta que abrieron la puerta, y luego cesaron de golpe. Parecían gritos de una persona (o personas) en estado de agudo sufrimiento; no eran gritos precipitados y breves, sino fuertes y prolongados. El testigo precedió a los demás por la escalera. Al llegar al primer rellano oyó dos voces en airada discusión; una era ruda, la otra mucho más aguda, una voz muy extraña. Alcanzó a distinguir algunas palabras pronunciadas por la primera, que era la voz de un francés. Reconoció las palabras *sacré* y *diable*. La voz aguda era la de un extranjero. No sabía con seguridad si se trataba de una voz de hombre o de mujer. Tampoco alcanzó a comprender lo que decía, pero cree que hablaba en castellano. Este testigo describió el estado del cuarto y de los cuerpos con idénticos detalles a los que proporcionamos ayer.

»*Henri Duval*, un vecino, de profesión platero, declara que formaba parte del grupo que entró a la casa. Corrobora en general el testimonio de Muset. En cuanto forzaron la puerta, la volvieron a cerrar para mantener afuera a la multitud, que crecía con rapidez a pesar de lo tardío de la hora. El testigo cree que la voz aguda pertenecía a un italiano. Está seguro de que no era la voz de un francés. No puede asegurar que se tratara de una voz de hombre. Pudo haber pertenecido a una mujer. No está familiarizado con el idioma italiano. Aunque no alcanzó a distinguir las palabras, está convencido, por el tono, de que el que hablaba era un italiano. Conocía a madame L y a su hija. Había conversado con ambas con frecuencia. Estaba seguro de que la voz aguda no era de ninguna de las víctimas.

»*Odenheimer Restaurateur*. Este testigo se ofreció a prestar declaración. Como no habla francés, lo hizo por intermedio de un intérprete. Es oriundo de Amsterdam. Pasaba frente a la casa cuando oyó los aullidos. Duraron varios minutos, probablemente diez. Eran largos y fuertes... terribles y angustiantes. Fue uno de los que entraron en el edificio. Corroboró la declaración anterior en todos sus aspectos, salvo uno. Estaba seguro de que la voz aguda era la de un hombre... un francés. No alcanzó a distinguir las palabras. Eran fuertes y precipitadas, desiguales, pronunciadas a la vez con enojo y temor. La voz era áspera; no tanto aguda como áspera. No se podía decir que se tratara de una voz aguda. La voz más ronca dijo varias veces: *sacré*, *diable* y una vez *mon Dieu*.

»*Jules Mignaud*, banquero de la firma Mignaud e hijos, rue Deloraine. Es el mayor de los Mignaud. Madame L'Espanaye poseía algunos bienes. Había abierto una cuenta en su banco durante la primavera de ese año (ocho meses antes). Realizaba frecuentes depósitos de sumas pequeñas. Nunca hizo retiros hasta tres días antes de su muerte, cuando retiró personalmente la suma de 4.000 francos. Esa suma le fue pagada en oro, y un empleado del banco la acompañó con ella a su domicilio.

»*Adolphe Le Bon*, empleado de Mignaud e hijos, declara que el día en cuestión, alrededor de mediodía, acompañó a madame L'Espanaye hasta su residencia con los 4.000 francos en dos bolsitas. Cuando abrieron la puerta hizo su aparición mademoiselle L. quien tomó una de las bolsas, mientras la anciana señora se hacía cargo de la otra. Entonces el testigo les hizo una reverencia y se alejó. En ese momento no vio a nadie en la calle. Se trata de una calle lateral... muy solitaria.

»*William Bird*, sastre, declara que formaba parte del grupo que ingresó a la casa. Es inglés. Ha vivido dos años en París. Fue uno de los primeros en subir la escalera. Oyó voces que discutían. La más ruda era de un francés. Alcanzó a distinguir varias palabras, pero ahora no puede recordarlas todas. Escuchó con claridad *sacré* y *mon Dieu*. En ese momento hubo un sonido como de varias personas que luchaban; un ruido de forcejeos, como si arrastraran algo. La voz aguda era muy fuerte, más fuerte que la voz ruda. Está seguro de que no era la voz de un inglés. Le pareció que podía ser la de un alemán. Pudo haber sido una voz de mujer. No entiende alemán.

»Cuatro de los precitados testigos, al ser nuevamente interrogados, declararon que la puerta del cuarto donde se encontró el cadáver de mademoiselle L. estaba cerrada con llave por dentro cuando ellos llegaron. Reinaba el más completo silencio; no se escuchaban quejidos ni ruidos de ninguna especie. Cuando forzaron la puerta no vieron a nadie. Las ventanas, tanto de la habitación del frente como de la trasera estaban cerradas y aseguradas firmemente por dentro. La puerta que comunicaba ambas habitaciones estaba cerrada, pero sin llave. La puerta que comunicaba la habitación delantera con el pasillo se encontraba cerrada con llave del lado de adentro. Una pequeña habitación del frente de la casa, en el cuarto piso, al comienzo del corredor, estaba con la puerta entreabierta. Este cuarto estaba lleno de camas viejas, cajones y cosas por el estilo. Estos fueron movidos y cuidadosamente revisados. No quedó una sola pulgada de la casa sin revisar. Los deshollinadores examinaron las chimeneas. La casa tiene cuatro pisos, con *mansardes*. Una puerta trampa que conduce al techo estaba firmemente clavada y no parecía haber sido abierta en muchos años. Los testigos no lograron ponerse de acuerdo sobre el tiempo transcurrido entre las voces que discutían y el momento en que se forzó la puerta de la habitación. Algunos calcularon que habían sido sólo tres minutos, otros tanto como cinco. La puerta fue abierta con dificultad.

»*Alfonso Garcio*, empresario de pompas fúnebres, declara que reside en la rue Morgue. Es de nacionalidad española. Formaba parte del grupo que entró a la casa. No subió la escalera. Se trata de una persona nerviosa y teme las consecuencias de toda agitación. Oyó las voces que discutían. La más ruda pertenecía a un francés. No alcanzó a distinguir lo que decían. La voz aguda era de un inglés... está seguro de ello. No comprende el idioma inglés, pero se deja guiar por la entonación.

»*Alberto Montani*, confitero, declara que fue uno de los primeros en subir la escalera. Oyó las voces en cuestión. La más ruda era de un francés. Alcanzó a distinguir varias palabras. El que hablaba parecía estar haciendo reproches. No pudo comprender las palabras que pronunciaba la voz más aguda. Hablaba de una manera rápida y desigual. Cree que se trataba de un ruso. Corrobora los testimonios generales. Es de nacionalidad italiana. Nunca tuvo oportunidad de conversar con un ruso.

»Al ser nuevamente interrogados, varios testigos confirmaron que las chimeneas de todas las habitaciones del cuarto piso eran demasiado angostas para permitir el paso de un ser humano. Se pasaron "deshollinadores" (cepillos cilíndricos similares a los usados para limpiar las chimeneas) por todos los tirajes de la casa. No existe ningún pasaje en los fondos por el que pudiera haber descendido alguien mientras el grupo subía por la escalera. El cuerpo de mademoiselle L'Espanaye estaba calzado con tanta firmeza en la chimenea que no fue posible bajarlo hasta que unieron sus fuerzas cuatro o cinco integrantes del grupo.

»*Paul Dumas*, médico, declara que fue llamado a examinar los cuerpos aproximadamente al amanecer. Estos habían sido colocados sobre el colchón de la cama del cuarto donde se encontró a mademoiselle L. El cuerpo de la joven estaba lleno de contusiones y de escoriaciones. El hecho de que hubiera sido encajado en la chimenea explicaba de modo más que suficiente esas marcas. Tenía el cuello terriblemente escoriado. Justo debajo de la barbilla había varios arañazos profundos, junto con una serie de manchas lívidas causadas, sin lugar a dudas, por la presión de unos dedos. El rostro estaba horriblemente pálido, los ojos salidos de las órbitas. La lengua estaba parcialmente cortada por efecto de mordeduras. En la boca del estómago se encontró un gran moretón, aparentemente causado por la presión de una rodilla. En opinión de M. Dumas, mademoiselle L'Espanaye había muerto estrangulada por una persona o personas desconocidas. El cuerpo de la madre estaba horrendamente mutilado. Tenía rotos todos los huesos de la pierna y el brazo derecho. La tibia izquierda astillada, lo mismo que todas las costillas izquierdas. El cuerpo íntegro se encontraba lleno de contusiones y descolorido. No era posible precisar cómo habían sido infligidas tales heridas. Un pesado mazo de madera o una barra ancha de hierro, una silla, cualquier arma grande, pesada y contundente podría haber producido tales resultados en manos de un hombre particularmente fuerte. Ninguna mujer pudo haber infligido golpes de esa envergadura, fuese con el arma que fuere. La cabeza de la víctima, cuando fue vista por el testigo, estaba completamente separada del cuerpo, y también llena de contusiones. El cuello evidentemente, había sido cortado con un instrumento muy afilado... probablemente una navaja.

»*Alexandre Etienne*, cirujano, fue llamado junto con el doctor Dumas para que examinara los cuerpos. Corroboró el testimonio y las opiniones del doctor Dumas.»

No se obtuvo ningún otro dato de importancia, pese a haber interrogado a varias otras personas. Hasta ahora, jamás se había cometido en París un asesinato tan misterioso y con detalles tan enigmáticos... si es que se trata de un asesinato. La policía está completamente desconcertada, cosa nada frecuente en asuntos de esta naturaleza. Sin embargo, no existe ni la sombra de una pista.

La edición vespertina del diario informaba que en el Quartier St. Roch todavía reinaba gran excitación; que la casa del crimen había sido minuciosamente examinada una vez más, a la vez que se interrogaba a nuevos testigos, pero sin ningún resultado aparente. Sin embargo, en un párrafo final, se afirmaba que acababa de ser arrestado y encarcelado un tal Adolphe Lebon, aunque más allá de los hechos anteriormente detallados, nada parecía incriminarlo.

Dupin se mostraba particularmente interesado en el desarrollo de este asunto... o por lo menos así me pareció por su manera de actuar, porque no hizo comentario alguno. Inmediatamente después del anuncio del arresto de Lebon me pidió que le diera mi opinión sobre los asesinatos.

Yo sólo pude sumarme a la opinión unánime de París, declarando que se trataba de un misterio insoluble. No veía manera de poder seguir los rastros del asesino.

–No podemos juzgar esas posibilidades basándonos en esta investigación tan rudimentaria –contestó Dupin–. La policía de París, tan alabada por su perspicacia, es muy astuta, pero nada más. En sus procedimientos no existe método alguno, más allá del método del momento. Toman gran cantidad de medidas ostentosas, pero con frecuencia éstas se adaptan tan mal a los objetivos que se proponen que me recuerdan a monsieur Jordan que pedía su *robe de chambre... pour mieux entendre la musique*. Los resultados que obtienen resultan con frecuencia, sorprendentes, pero en su mayor parte son fruto de la simple diligencia y actividad. Cuando estas características parecen insuficientes, sus planes fracasan. Vidocq, por ejemplo, era un buen adivino, y un hombre perseverante. Pero, como carecía de una inteligencia educada, la misma intensidad de sus investigaciones lo llevaba a equivocarse continuamente. Deterioraba su visión por sostener demasiado cerca el objeto. Tal vez alcanzara a ver uno o dos puntos con claridad poco habitual, pero al hacerlo necesariamente perdía de vista el conjunto de la cuestión. Por lo tanto, existe el riesgo de profundizar demasiado. La verdad no siempre está oculta en un pozo. En realidad, en lo que se refiere a los conocimientos más importantes, creo que la verdad es invariablemente superficial. La profundidad reside en los valles donde la buscamos, y no en las cimas de montañas donde se la encuentra. Las formas y fuentes de errores de esta clase se ejemplifican perfectamente en la contemplación de los cuerpos celestes. Si se mira una estrella de soslayo, volviendo hacia ella la parte exterior de la *retina* (mucho más sensible a las impresiones débiles de la luz que la interior) se verá la estrella con claridad, y se apreciará mejor su brillo, un brillo que se va empañando a medida que la vamos mirando *de lleno*. En el último de los casos, cae sobre el ojo un número mayor de rayos, pero en el primero, existe una capacidad de recepción mucho más refinada. La indebida profundidad confunde y debilita el pensamiento, y un escrutinio demasiado sostenido, demasiado concentrado o demasiado directo puede hasta llegar a lograr que Venus misma se desvanezca del firmamento.

»En cuanto a estos asesinatos, antes de formarnos una opinión, hagamos un examen personal. Una encuesta nos servirá de entretenimiento. –Así aplicado, éste me pareció un término extraño, pero no hice ningún comentario–. Además, en una oportunidad, Lebon me hizo un favor por el que le estoy agradecido. Iremos a estudiar personalmente el lugar de los hechos. Conozco a G..., el prefecto de policía, y no me será difícil obtener el permiso necesario.

Obtuvimos la autorización, y enseguida nos encaminamos a la rue Morgue, uno de esos míseros pasajes que corren entre la rue Richelieu y la rue St. Roch. Anochecía cuando llegamos, porque ese barrio se encuentra a gran distancia de aquel donde residimos. Encontramos la casa con facilidad; desde la vereda de enfrente, gran número de personas todavía contemplaba las persianas cerradas con innegable curiosidad.

Era una típica casa de París, con una puerta de entrada y, a su lado, una casilla de vidrio con ventana corrediza, que indicaba una *Loge de concierge*. Antes de entrar a la casa, recorrimos la calle, doblamos por un callejón y, volviendo a doblar, pasamos por la parte trasera del edificio. Mientras tanto, Dupin estudiaba el barrio y la casa en cuestión con una atención minuciosa que me pareció innecesaria.

Volviendo sobre nuestros pasos regresamos al frente de la casa, tocamos el timbre y, después de mostrar nuestras credenciales, fuimos admitidos por los agentes de guardia. Subimos la escalera hasta llegar al cuarto donde se había encontrado el cuerpo de mademoiselle L'Espanaye y donde todavía estaban ambos cadáveres. Como es habitual, se mantenía el desorden de la habitación. No vi nada que no hubiese informado la «Gazette des Tribunaux». Dupin lo escudriñaba todo, incluyendo los cadáveres de las víctimas. Después pasamos a las otras habitaciones, y al patio; un gendarme nos acompañó en todo el recorrido. La investigación nos mantuvo ocupados hasta el anochecer, hora en que partimos. En el trayecto hacia casa, mi compañero se detuvo un momento en las oficinas de uno de los diarios de París.

He dicho ya que los caprichos de mi amigo eran muchos y que *je les menageais*... frase para la que no existe una traducción. En ese momento Dupin no se encontraba de humor para hablar sobre los asesinatos, y no lo estuvo hasta el mediodía siguiente. Entonces me preguntó repentinamente si no había observado algo *peculiar* en la escena de esas atrocidades.

Hubo algo en su manera de enfatizar la palabra «peculiar» que me provocó un escalofrío, sin que pudiera saber por qué.

–No, no noté nada *peculiar*, contesté, por lo menos, nada más de lo que ambos leímos ayer en el diario.

–Me temo que la Gazette no haya entrado en el insólito horror de este asunto – contestó él–. Pero prescindamos de las vanas opiniones de ese diario. Tengo la impresión de que este misterio se considera insoluble por el mismo motivo que debería hacer que se lo considerara de fácil solución... me refiero a lo *outré* de sus características. La policía se muestra confusa por la aparente ausencia de un motivo; no por el crimen en sí, sino más bien por su atrocidad. También están perplejos por la aparente imposibilidad de reconciliar la presencia de voces que discutían, con el hecho de que en la planta alta no descubrieron la presencia de nadie, salvo la asesinada mademoiselle L'Espanaye, y la evidencia de que no había posibilidad alguna de salir sin ser visto por el grupo que subía por la escalera. El salvaje desorden de la habitación; el cadáver calzado, cabeza abajo, en la chimenea; la espantosa mutilación del cuerpo de la anciana señora; estas consideraciones, junto con las que acabo de mencionar y otras a las que no necesito referirme, han bastado para paralizar la percepción de los investigadores de la policía y para eliminar por completo su tan alabada perspicacia. Han caído en el error tan torpe, pero común, de confundir lo poco habitual con lo abstruso. Pero es justamente por esas desviaciones de lo ordinario que la razón se abre paso en su búsqueda de la verdad. En una investigación como la que ahora realizamos, no se debería preguntar «¿qué ha ocurrido?» sino «¿qué ha ocurrido que no se parece a nada que haya sucedido anteriormente?». En suma, la facilidad con que llegaré o he llegado a la solución de este misterio está en directa correspondencia con su aparente insolubilidad a los ojos de la policía.

Yo miré fijo a mi amigo, mudo de sorpresa.

–En este momento estoy esperando la llegada de una persona –continuó diciendo Dupin–, que aunque tal vez no sea el autor de esa carnicería, debe haber estado en alguna medida implicado en su ejecución. Es probable que sea inocente de la peor parte de los crímenes cometidos. Espero no equivocarme en esa suposición; porque a partir de ella tengo la esperanza de descifrar este enigma. Espero en cualquier momento la llegada de ese hombre... a esta habitación. Es cierto que tal vez no llegue.. pero lo más probable es que lo haga. Si viniera, será necesario detenerlo. He aquí unas pistolas; ambos sabemos cómo usarlas cuando la ocasión así lo exige.

Tomé las pistolas, casi sin saber lo que hacía y sin poder creer lo que acababa de oír, mientras Dupin continuaba hablando, como en un monólogo. Ya me he referido a su actitud abstraída de esos momentos. Se dirigía a mí, pero su voz, aunque de ninguna manera fuese alta, tenía la entonación que por lo general se emplea cuando uno se dirige a alguien que se encuentra a gran distancia. Su mirada clavada en la pared, carecía de toda expresión.

–Que las voces que discutían y que fueron oídas por el grupo que subía la escalera no eran las de las dos mujeres –continuó diciendo–, ha sido suficientemente probado por las declaraciones de los testigos. Esto elimina toda posibilidad de que la anciana señora haya eliminado a su hija, suicidándose después. Me refiero a este punto sobre todo por una cuestión de método, porque madame L'Espanaye jamás hubiera tenido la fuerza necesaria para introducir el cuerpo de su hija en la chimenea, tal como lo encontraron; y la naturaleza de sus propias heridas elimina por completo la posibilidad de un suicidio. Por lo tanto, el asesinato fue cometido por terceras personas, y a ellas pertenecían las voces airadas que se escucharon. Permítame que ahora le llame la atención, no con respecto a la integridad del testimonio referente a esas voces, sino a algo *peculiar* dentro de esos testimonios. ¿No observó nada peculiar en ellos?

Comenté que aunque todos los testigos coincidían en suponer que la voz ruda pertenecía a un francés, estaban en completo desacuerdo con respecto a la voz aguda o, como la llamó uno de los testigos, la voz áspera.

–Ése fue el testimonio mismo –advirtió Dupin–, pero no su peculiaridad. Usted no ha observado nada particular. Y, sin embargo, había *algo* que observar. Como usted ha dicho, los testigos coinciden con respecto a la voz aguda, la peculiaridad no consiste en que estén en desacuerdo, sino en que cuando un italiano, un inglés, un español, y un francés intentan describirla, todos se refieren a la voz de un *extranjero.* Porque cada uno de ellos está seguro de que no se trata de la voz de un compatriota. Cada uno la compara, no con la voz de un individuo de cualquier país cuyo lenguaje conoce, sino a la inversa. El francés supone que se trata de la voz de un español «y tal vez hubiera distinguido alguna palabra de *haber hablado español*». El holandés asegura que era la voz de un francés, pero en su declaración aclaran que «*como el testigo no entendía francés, fue necesario tomarle declaración por intermedio de un intérprete*». El inglés cree que es la voz de un alemán, pero él «*no comprende alemán*». El español «*está seguro*» de que se trata de un inglés, pero juzga por la entonación, ya que él *no sabe inglés*. El italiano cree que se trata de la voz de un ruso, pero *nunca ha conversado con un ruso*. Sin embargo, un segundo francés difiere con el primero y está seguro de que era la voz de un italiano, pero *por no conocer ese idioma* juzga, igual que el español, «por la entonación». Y bien, ¡qué insólita debe haber sido esa voz para haber provocado testimonios tan distintos! ¡Una voz en cuyos *tonos* los ciudadanos de las cinco grandes divisiones de Europa no pudieron reconocer nada familiar! Usted dirá que pudo haber sido la voz de un asiático... o de un africano. Ni los asiáticos ni los africanos abundan en París. Pero sin negar esa posibilidad, simplemente llamaré su atención sobre tres puntos. Uno de los testigos describe la voz como «más que aguda, áspera». Otros dos declaran que hablaba en forma «rápida y desigual». Ninguno de los testigos pudo mencionar una palabra, o un sonido que se pareciera a una palabra.

–Ignoro la impresión que puedo haber causado hasta ahora en usted –continuó diciendo Dupin–, pero no vacilo en decir que cabe extraer deducciones legítimas de parte del testimonio –la que se refiere a la voz ruda y a la voz aguda– que son en sí mismas suficientes para engendrar una sospecha que debería orientar todos los pasos futuros de la investigación del misterio. Dije «deducciones legítimas», pero no he expresado con ello todo lo que pienso. Quise implicar que las deducciones son las *únicas* que corresponden y que, como único resultado, surge una sospecha *inevitable*. No le diré todavía cuál es esa sospecha. Simplemente quiero que recuerde que, para mí, bastó para dar forma definida y una tendencia determinada a las investigaciones que realicé en la casa del crimen.

–Transportémonos ahora en alas de la fantasía a la fatídica habitación. ¿Qué será lo primero que allí buscaremos? La forma de salida utilizada por los asesinos. Supongo que no es arriesgado afirmar que ninguno de los dos cree en acontecimientos sobrenaturales. Madame y mademoiselle L'Espanaye no fueron asesinadas por espíritus. Los autores del hecho eran seres de carne y hueso y huyeron por medios materiales. ¿Entonces, cómo lo hicieron? Por fortuna hay una sola manera de razonar sobre el asunto, y esa manera *debe* conducirnos a una conclusión definida. Examinemos, uno por uno, los posibles caminos de salida. Resulta evidente que los asesinos estaban en el cuarto donde se encontró el cadáver de mademoiselle L'Espanaye, o por lo menos en la habitación vecina, en el momento en que el grupo subía la escalera. Por lo tanto, sólo debemos buscar la salida desde esas dos habitaciones. La policía ha levantado los pisos, los techos y la mampostería de las paredes en todas direcciones. Ninguna salida secreta pudo haber escapado a su vigilancia. Pero, como no confío en los ojos de *ellos*, yo examiné el lugar con los míos. Por lo tanto, *no existía* salida secreta. Las dos puertas que conducían de las habitaciones al corredor estaban cerradas con llave por dentro. Volvamos nuestra atención a las chimeneas. Éstas, aunque tienen el ancho habitual en una altura de dos metros cincuenta a tres metros por encima de la boca de la chimenea en sí, de allí hacia arriba no admitirían el paso del cuerpo de un gato. Por lo tanto, siendo absolutamente imposibles esas salidas, sólo nos quedan las ventanas. Por la de la habitación delantera no pudo haber huido nadie sin ser visto por la multitud reunida en la calle. Por lo tanto, los asesinos *deben* haber huido por una de las ventanas del cuarto posterior. Y habiendo llegado a una conclusión tan inequívoca, en nuestra calidad de seres pensantes no nos corresponde rechazarla por aparentes imposibilidades. Sólo nos queda demostrar que esas aparentes «imposibilidades», en realidad no son tales.

«Hay dos ventanas en la habitación. Una de ellas no está obstruida por ningún mueble y queda totalmente visible. La parte inferior de la otra está oculta de la vista por la cabecera de la cama apoyada contra ella. La primera fue encontrada firmemente asegurada por dentro. Resistió a los esfuerzos de aquellos que luchaban por levantarla. El marco había sido barrenado en su lado izquierdo, para hundir allí, casi hasta la cabeza, un clavo particularmente grueso. Al examinar la otra ventana, se encontró en ella un clavo similar y también fracasó el vigoroso intento de levantarla. La policía quedó entonces convencida de que la huida no podía haberse realizado por allí. Y *por lo tanto*, consideraron inútil retirar los clavos para abrir las ventanas.

»Mi propio examen fue algo más profundo por los motivos que acabo de expresar: porque, sabía que *debía* demostrar que las aparentes imposibilidades en realidad no eran tales.

»Así pensé... *a posteriori*. Los asesinos utilizaron una de esas ventanas para huir. Y entonces, no pudieron volver a colocar los clavos por el interior, tal como fueron encontrados; ... (esa consideración puso fin al escrutinio de la policía en ese aspecto). Y sin embargo, los clavos estaban colocados. Por lo tanto, *debían* tener posibilidades de colocarse solos. No había forma de evitar esa conclusión. Me acerqué a la ventana que no estaba obstruida, retiré el clavo con cierta dificultad e intenté levantarla. Tal como preveía, resistió a todos mis esfuerzos. Por lo tanto, supe que debía existir un resorte oculto, y la confirmación de esta idea me convenció de que mis premisas eran, por lo menos, correctas, por misteriosas que siguieran siendo las circunstancias referentes a los clavos. Una búsqueda cuidada pronto me llevó a descubrir el resorte oculto. Lo oprimí y, satisfecho con mi descubrimiento, procedí a levantar la ventana.

»Después volví a colocar el clavo en su lugar y lo observé con atención. Una persona que saliera por esa ventana pudo haberla cerrado logrando que el resorte se enganchara... pero el clavo no hubiera quedado en su lugar. La conclusión era clara y, una vez más, estrechó el campo de mis investigaciones. Los asesinos *debieron* huir por la otra ventana. Suponiendo, entonces, que los resortes de ambos marcos fueran idénticos, cosa más que probable, *debían* haber encontrado una diferencia en los clavos, o por lo menos en la forma de estar sujetos. Subí a la cama y observé minuciosamente el marco de la ventana por sobre la cabecera. Al pasar la mano por detrás de la madera, encontré enseguida y oprimí el resorte que, tal como suponía, era idéntico al otro. Entonces observé el clavo. Era tan grueso como el otro y aparentemente estaba calzado de la misma manera: prácticamente clavado hasta la cabeza.

»Usted dirá que yo estaba intrigado, pero si así piensa, ha malinterpretado la naturaleza de las deducciones. Para utilizar una frase deportiva, ni por un instante había «perdido el rastro». No faltaba ningún eslabón de la cadena. Había seguido tras el secreto hasta sus últimas consecuencias... y esas consecuencias eran *el clavo.* Tenía, repito, en todos los aspectos, la misma apariencia de su compañero de la otra ventana, pero ese hecho era absolutamente nulo (por concluyente que pareciera) cuando se lo comparaba con la consideración de que allí, en ese punto, terminaba el rastro. «Debe haber algo mal en el clavo» me dije. Lo toqué; y se me quedó en las manos la cabeza con un cuarto de pulgada del cuerpo. El resto del clavo continuaba metido en el agujero, donde se había partido. La rotura era antigua (porque tenía los bordes llenos de óxido) y por lo visto la había producido un golpe de martillo que incrustó la cabeza en el marco inferior de la ventana. Con cuidado, volví a colocar la cabeza del clavo en su lugar, y comprobé que el parecido con un clavo entero era completo: la fisura no se veía. Oprimí el resorte y con suavidad levanté la ventana algunos centímetros: la cabeza del clavo subió con ella. Cerré la ventana y, una vez más, el clavo parecía entero.

»El enigma, hasta ese punto, había quedado desvelado. El asesino había huido por la ventana parcialmente oculta por la cama. Después que hubo pasado, la ventana cayó por sí misma (o quizá fue cuidadosamente cerrada) y el resorte la aseguró. Fue ese seguro el que indujo a la policía a suponer que se trataba del clavo, descartando toda investigación suplementaria.

»La segunda cuestión se refiere al modo de descenso. A ese respecto me satisfizo nuestro paseo por la parte trasera del edificio. Aproximadamente a un metro cincuenta de la ventana en cuestión corre una varilla de pararrayos. Desde esa varilla hubiera resultado imposible que alguien llegara a la ventana en sí y mucho menos entrar por ella a la casa. Sin embargo observé que las persianas del cuarto piso son de esa clase poco común que los carpinteros de París llaman *ferrades*, un tipo de persianas muy poco usadas en la actualidad, pero que se ven con frecuencia en las mansiones antiguas de Lyon y Bordeaux. Tienen la forma de una puerta común, (una puerta de una sola hoja) con la diferencia de que la parte superior tiene celosías que ofrecen un excelente asidero para las manos. En este caso, esas persianas son de un metro de ancho. Cuando las vimos desde la parte trasera de la casa, estaban ambas entreabiertas, es decir, formaban un ángulo recto en la pared. Es probable que, igual que yo, la policía haya examinado la parte trasera de la casa, pero de ser así, vieron las *ferrades* en el ángulo indicado sin percibir lo anchas que eran, o en todo caso, no tomaron ese detalle en consideración. En realidad, convencidos de que toda fuga era imposible por esa parte, naturalmente prestaron muy poca atención a ese detalle. Sin embargo a mí me resultó evidente que si se abría por completo la persiana de la ventana ubicada detrás de la cama, su borde llegaría a estar a sesenta centímetros de la varilla del pararrayos. También era evidente que desplegando un grado poco habitual de actividad y de coraje, si se trepaba por la varilla era posible llegar hasta la ventana. Estirándose alrededor de setenta centímetros (porque suponemos ahora que la persiana se encuentra totalmente abierta) un ladrón habría podido sujetarse con firmeza de las maderas de la celosía. Dejando entonces de aferrarse a la varilla, apoyando los pies contra la pared y saltando con fuerza hacia adelante, hubiera podido hacer girar la celosía hasta que se cerrara y, si imaginamos que en ese momento la ventana estaba abierta, hasta podría haberse balanceado para lograr entrar en la habitación.

»Le pido que tenga en cuenta que hablo de una fuerza poco común como requisito para triunfar en una empresa tan azarosa y difícil. Mi intención consiste, ante todo, en demostrarle que el hecho pudo ser llevado a cabo; pero en segundo lugar y *primordialmente,* quiero destacar el carácter muy *extraordinario* casi sobrenatural de la agilidad necesaria para llevar a cabo algo semejante.

«Utilizando términos judiciales, usted me dirá sin duda que para *demostrar mi caso* más bien debería subestimar y no poner hasta tal punto en evidencia la agilidad necesaria para llevar a cabo esa proeza. Esa tal vez sea la costumbre legal, pero no es la de la razón. Mi objetivo final es tan sólo la verdad. Mi propósito inmediato consiste en lograr que yuxtaponga esa agilidad *muy inusual* de la que acabo de hablar, con la voz *peculiarmente* aguda (o áspera) y *desigual* sobre cuya nacionalidad no hubo dos testigos que pudieran ponerse de acuerdo y en cuyos acentos no se logró detectar ningún vocablo articulado.»

Ante esas palabras, en mi mente se formó un vago concepto del significado de lo que decía Dupin. Era como si me encontrara al borde de la comprensión, pero sin llegar a comprender... como a veces nos sucede a los hombres, la circunstancia de estar a punto de recordar algo que finalmente se nos escapa. Mi amigo prosiguió con su discurso.

–Como verá –explicó–, he pasado del problema de la salida de la casa al del ingreso a ella. Mi intención era demostrar que ambas cosas se llevaron a cabo de la misma manera y por el mismo lugar. Pasemos ahora al interior del cuarto. Analicemos lo que allí aparece. Se dijo que los cajones de la cómoda habían sido saqueados, pese a que en ellos quedaban numerosos objetos. En este caso, la conclusión es absurda. Se trata de una simple conjetura –una conjetura muy tonta– y nada más. ¿Cómo saber si los artículos encontrados en los cajones no eran los que éstos contenían originariamente? madame L'Espanaye y su hija vivían una existencia muy retirada, no veían a nadie, salían poco, se les presentaban pocas oportunidades para cambiar de ropa. Las prendas que se encontraron en los cajones eran de tan buena calidad como el resto de los objetos de esas señoras. Si el ladrón se llevó algo, ¿por qué no llevarse lo mejor... por qué no llevarse todo? En una palabra, ¿por qué dejar atrás cuatro mil francos en oro para cargar con un atado de ropa? El oro *quedó* abandonado. La suma mencionada por monsieur Mignaud, el banquero, apareció en su casi totalidad, embolsada, en el piso. Por lo tanto, le pido que descarte de sus pensamientos la idea desatinada de un motivo, engendrado en el cerebro de la policía por esa parte de las declaraciones que se refieren al dinero, que fue entregado en la puerta de la casa. Coincidencias diez veces más notables que esa (la entrega del dinero y el asesinato de sus poseedoras tres días después) nos suceden a todos en cada hora de nuestra existencia sin que nos sorprendamos por ellas. En general las coincidencias son los grandes obstáculos con que tropiezan esos pensadores que han sido educados para prescindir de la teoría de las probabilidades: esa teoría a la que los más altos objetivos de la investigación humana deben sus mayores ejemplos. En este caso, si el oro hubiese desaparecido, el hecho de que hubiera sido entregado tres días antes habría sido algo más que una coincidencia. Hubiese corroborado esa teoría de un móvil. Pero dadas las circunstancias de este caso, si suponemos que el oro era el móvil de este crimen espantoso, también debemos imaginar que quien lo perpetró era un idiota indeciso hasta el punto de haber abandonado por completo oro y motivo a la vez.

Sin olvidar los puntos acerca de los que he llamado su atención, –la voz peculiar, la agilidad poco habitual, y la sorprendente falta de motivo en un asesinato de tan extraña atrocidad como éste– dirijamos ahora nuestra mirada a la carnicería en sí. Estamos en presencia de una mujer que ha muerto estrangulada por un par de manos fuertes, y calzada cabeza abajo en el tiraje de la chimenea. Los asesinos comunes no emplean semejantes métodos. Y mucho menos esconden así los restos de su víctima. En esa manera de introducir el cadáver en la chimenea, debe usted admitir que hubo algo *excesivamente outré*, algo absolutamente irreconciliable con nuestro concepto de los actos humanos, aunque supongamos que el autor es el más depravado de los hombres. Piense también en la fuerza enorme que fue necesaria para introducir el cadáver *hacia arriba*, cuando para *bajarlo* apenas alcanzaron los esfuerzos de varias personas.

«Volvamos ahora nuestra mirada a las otras indicaciones del empleo de un vigor fabuloso. En el hogar se encontraron espesos –muy espesos– mechones de cabello humano canoso. Habían sido arrancados de raíz. No ignora usted la enorme fuerza que hace falta para arrancar de una cabeza veinte o treinta cabellos juntos. Usted vio los mechones, lo mismo que yo. Las raíces del pelo (¡qué espectáculo horrendo!) estaban adheridas a trozos de cuero cabelludo, prueba evidente de la fuerza prodigiosa que se puso en juego para arrancar quizá medio millón de cabellos de un sólo tirón. El cuello de la anciana señora no sólo estaba cortado, sino que la cabeza había sido completamente separada del cuerpo: el arma fue una simple navaja. También quiero que piense en la *brutal* ferocidad de estos actos. Ni siquiera me referiré a las contusiones que presentaba el cuerpo de madame L'Espanaye. Monsieur Dumas y su valioso colaborador, monsieur Etienne declararon que las produjo un instrumento contundente, y hasta ahí la opinión de esos caballeros es acertada. El instrumento contundente fue, sin duda el pavimento de piedra del patio, sobre el que la víctima cayó desde la ventana contra la que se apoyaba la cama. Esta idea, por simple que ahora parezca, le pasó inadvertida a la policía por el mismo motivo que se les escapó el ancho de las persianas: porque, a causa de los clavos, ni siquiera contemplaron la posibilidad de que las ventanas hubieran sido abiertas.

»Si ahora, además de todas estas cosas, reflexiona correctamente sobre el extraño desorden que reinaba en la habitación, habremos llegado hasta el punto de combinar las ideas de una agilidad asombrosa, una fuerza sobrehumana, una ferocidad brutal, una carnicería sin motivo, una *grotesquerie* de horror absolutamente ajena a todo concepto de humanidad y una voz de acento extranjero a los oídos de los hombres de diversas nacionalidades y carente de todo silabeo inteligible. ¿Qué resultado obtenemos? ¿Qué impresión he producido en su fantasía?

Al oír las preguntas de Dupin, me recorrió un escalofrío.

–El autor de estos asesinatos es un loco –contesté–, un loco perdido que ha huido de alguna *Maison de Santé* de la vecindad.

–En cierto sentido –contestó mi amigo–, su idea no es improcedente. Pero aun en sus peores momentos de paroxismo, las voces de los locos jamás se parecen a esa voz tan extraña que escucharon en la escalera. Los locos tienen una nacionalidad y, por incoherentes que sean sus palabras, poseen siempre la coherencia del silabeo. Además, el cabello de un loco no se parece al que ahora tengo en la mano. Arranqué este pequeño mechón de los dedos rígidamente apretados de madame de L'Espanaye. Dígame lo que piensa de ellos.

–¡Dupin! –exclamé completamente desconcertado–, este cabello es insólito... ¡no es un cabello *humano*!

–No he dicho que lo fuera –contestó él–, pero antes de decidir este punto, quiero que observe el bosquejo que he trazado en este papel. Es el facsímil de lo que en una parte de las declaraciones de los testigos ha sido descripto como «oscuros moretones y profundas huellas de uñas en el cuello de mademoiselle L'Espanaye y, en las declaraciones de los señores Dumas y Etienne, como «una serie de manchas lívidas, evidentemente el resultado de la presión ejercida por unos dedos».

«Como percibirá –continuó diciendo mi amigo al tiempo que extendía el papel sobre la mesa que teníamos delante–, este dibujo indica una presión firme y sostenida. No existe la menor señal de *deslizamiento*. Cada dedo ha mantenido –posiblemente hasta la muerte de su víctima– su horrorosa presión en el sitio en que se hundió primero. Intente ahora colocar todos sus dedos al mismo tiempo, en las respectivas impresiones.

Lo intenté, pero en vano.

–Es posible que no estemos procediendo acertadamente –dijo Dupin–. El papel está extendido sobre una superficie plana: en cambio el cuello del ser humano es cilíndrico. Aquí tiene un rodillo de madera, cuya circunferencia es aproximadamente igual a la de un cuello. Envuelva el dibujo alrededor del rodillo y vuelva a intentarlo.

Así lo hice, pero la dificultad era aún más evidente que antes.

–Esta no es la marca de una mano humana –afirmé.

–Lea ahora este pasaje de Cuvier –respondió Dupin.

Era una minuciosa descripción general y anatómica del gran orangután leonado de las islas de la India Oriental. La estatura gigantesca, la fuerza y actividad prodigiosa, la salvaje ferocidad, y la tendencia a la imitación de esos mamíferos son suficientemente conocidas por todos. En el acto comprendí el horror completo del asesinato.

–La descripción de los dedos –dije, al terminar la lectura–, concuerda exactamente con este dibujo. No creo que, aparte del orangután, exista otra especie que pudiera haber producido las marcas que aparecen en su dibujo. Y el mechón de pelo es idéntico al de la bestia descripta por Cuvier. Pero no alcanzo a comprender los detalles de este misterio horrendo. Además, los testigos escucharon dos voces que discutían y una de ellas era, sin duda, la de un francés.

–Es cierto. Y recordará que, casi con unanimidad, los testigos declararon haber oído exclamar *¡Mon Dieu!* a esa voz. Dadas las circunstancias, uno de los testigos (Montani, el confitero) no se equivocaba cuando afirmó que la exclamación fue hecha en tono de reproche. Por lo tanto, en esas dos palabras, he apoyado todas mis esperanzas de una completa solución del enigma. Un francés tuvo conocimiento del asesinato. Es probable –sin duda mucho más que probable– que fuera inocente de toda participación en el sangriento episodio. El orangután pudo habérsele escapado. Él tal vez lo haya seguido hasta esa habitación. Pero dadas las terribles y agitadas circunstancias subsiguientes, es imposible que haya podido volver a capturarlo. El animal todavía anda suelto. No seguiré con esas suposiciones –pues no tengo derecho a llamarlas de otra manera– ya que las sombras de reflexión en que se basan poseen apenas la suficiente profundidad para que las pueda apreciar mi propio intelecto, y por lo tanto, no pretenderé que sean inteligibles para la comprensión de otro. Las llamaremos, entonces, suposiciones, y hablaremos de ellas como tales. Si el francés en cuestión es, como supongo, inocente de esta atrocidad, este aviso, que dejé anoche, en el trayecto a casa, en las oficinas de *Le Monde*, (un diario que se especializa en asuntos marítimos y que es muy leído por los navegantes), lo hará venir hasta nuestra casa.

Me alcanzó un papel donde leí lo siguiente:

«*APRESADO. En el Bois de Boulogne, durante las primeras horas de la mañana del... (la mañana del asesinato) se ha capturado un gran orangután de la especie de Borneo. El propietario (de quien se sabe que es marinero en un barco maltés) puede recuperar el animal, siempre que lo identifique satisfactoriamente y que pague los gastos producidos por su captura y cuidado. Presentarse en el número... de la calle... Faubourg Saint Germain... tercer piso.* »

–¿Cómo es posible que sepa que el hombre es marinero de un barco maltés?– pregunté.

–No lo sé –contestó Dupin–, y tampoco estoy *seguro* de ello. Sin embargo aquí tengo un pequeño trozo de cinta que, a juzgar por su forma y su apariencia grasienta, evidentemente ha sido usada para atar el pelo de una de esas largas *queues* a que son tan afectos los marineros. Más aún, este nudo es uno de aquellos que poca gente es capaz de hacer, con excepción de los marinos, y es característico de los malteses. Encontré esta cinta al pie de la varilla del pararrayos. No pudo haber pertenecido a ninguna de las víctimas. De todas maneras, si me equivoco al deducir en base a la cinta que el francés era el marinero de un barco maltés, no creo haber hecho ningún daño al ponerlo en el aviso. Si estoy equivocado, el hombre simplemente supondrá que he sido confundido por alguna circunstancia que no se tomará el trabajo de averiguar, pero si estoy en lo cierto, es mucho lo que hemos ganado. Conocedor, aunque inocente, de los asesinatos, el francés naturalmente vacilará en contestar el aviso y reclamar el orangután. Razonará de esta manera: «Soy inocente, soy pobre, el orangután tiene gran valor, y para alguien como yo representa una verdadera fortuna. ¿Por qué perderlo por miedo al peligro? Allí está, a mi alcance. Lo encontraron en el Bois de Boulogne... a gran distancia del escenario de esa carnicería. ¿Cómo va a sospechar alguien que una bestia bruta es la autora de los asesinatos? La policía está desconcertada... no han podido hallar la más pequeña pista. Aún en el caso de que le siguieran el rastro al animal, les resultaría imposible demostrar que yo estaba al tanto de los asesinatos, o implicarme por haber sido testigo de ellos. Y sobre todo, *me conocen*. Quien redactó el aviso me señala como dueño de la bestia. No sé hasta dónde llegará su conocimiento. Si no reclamara algo que me pertenece y tiene enorme valor, las sospechas recaerán, por lo menos, sobre el animal. Contestaré el aviso, recuperaré el orangután y lo mantendré encerrado hasta que este asunto haya sido olvidado.

En ese momento oímos pasos en la escalera.

–Manténgase atento con las pistolas –indicó Dupin–, pero no las use ni las muestre hasta que yo le haga una seña.

La puerta de calle de la casa había quedado abierta, y el visitante entró sin llamar y subió varios peldaños de la escalera. Sin embargo, en ese momento pareció vacilar. Lo oímos descender. Dupin se acercó con rapidez a la puerta, pero volvimos a oírlo subir. No volvió a retroceder, sino que siguió subiendo con decisión y llamó a la puerta de nuestro cuarto.

–¡Adelante!– dijo Dupin, en tono cordial y alegre.

Entró un hombre. Era, sin duda, un marinero, un individuo alto, robusto y musculoso, con una extraña expresión de osadía que no resultaba desagradable. Su cara, muy bronceada, estaba en gran parte oculta por las patillas y el *mustachio*. Traía consigo un grueso bastón de roble, pero aparte de eso parecía desarmado. Se inclinó con torpeza y nos deseó las *buenas noches* en francés, y pese a cierto acento de Neufchatel, se notaba que era parisino.

–Tome asiento, mi amigo –dijo Dupin–. Supongo que viene por el orangután. Le doy mi palabra de que casi se lo envidio. Es un magnífico animal y, sin duda, muy valioso. ¿Qué edad supone que tiene?

El marinero respiró hondo, con aire de un hombre aliviado de un peso intolerable y después le contestó en tono tranquilo:

–No lo sé... pero puede tener más de cuatro o cinco años. ¿Lo tiene aquí?

–¡Oh, no! No tenemos un lugar adecuado. Está en una caballeriza de la rue Dubourg, a poca distancia de aquí. Puede pasar a buscarlo mañana por la mañana. ¿Supongo que estará en condiciones de demostrar que es suyo?

–Por supuesto, señor.

–Lamentaré separarme de él –dijo Dupin.

–No quisiera que su molestia no sea recompensada, señor –dijo el marinero–. Estoy dispuesto a pagarle una recompensa por haber encontrado al animal. Siempre que sea una suma razonable, se entiende.

–Bueno –respondió mi amigo–, eso sin duda me parece muy justo. Déjeme pensar: ¿qué le pediré? ¡Ah, ya sé! Ésta será mi recompensa: me dará toda la información que posea sobre esos crímenes de la rue Morgue.

Dupin pronunció esas últimas palabras en un tono de voz muy bajo y con gran tranquilidad. Con la misma tranquilidad se encaminó a la puerta, la cerró y se metió la llave en el bolsillo. Después sacó la pistola y la colocó sobre la mesa.

La cara del marinero enrojeció, como si luchara para no sofocarse. Clavó la mirada en sus pies y aferró con fuerza el bastón: pero al instante siguiente se derrumbó en el sillón temblando con violencia y pálido como la muerte. No pronunció una sola palabra. Yo lo compadecí desde lo más profundo de mi corazón.

–Usted se alarma innecesariamente, mi amigo –dijo Dupin en tono bondadoso–, se lo aseguro. Le aseguro que no tenemos la menor intención de dañarlo. Le doy mi palabra de caballero y de francés que es así. Sé perfectamente que es inocente de las atrocidades que se cometieron en la rue Morgue. Pero sería inútil negar que, de alguna manera se encuentra implicado en ellas. Por lo que ya le he dicho supongo que comprenderá que tengo medios de información con respecto a este asunto... medios que a usted le sería imposible imaginar. Pues bien, la situación es ésta: usted no ha hecho nada que no debió haber hecho; no es el culpable de nada. Ni siquiera es culpable de robo, delito que pudo haber cometido impunemente. No tiene nada que ocultar, ni motivos para hacerlo. Por otra parte, los principios más elementales del honor lo obligan a confesar todo lo que sabe. Hay un inocente en la cárcel, un hombre acusado de un crimen a cuyo autor usted puede denunciar.

Mientras Dupin pronunciaba esas palabras, el marinero había recuperado gran parte de su presencia de ánimo, pero su aire decidido del principio había desaparecido por completo.

–¡Dios me ayude! –exclamó después de una breve pausa–. Le diré todo lo que sé de este asunto... aunque no espero que crea la mitad de lo que voy a contarle... sería un tonto si lo pretendiera. ¡Y sin embargo, *soy* inocente y confesaré todo lo que sé aunque me cueste la vida!

Lo que declaró fue, en sustancia, lo siguiente: Poco tiempo antes había hecho un viaje al archipiélago índico. Un grupo, del que formaba parte, desembarcó en Borneo y se internó en el interior de una excursión de placer. Él y un compañero, lograron capturar al orangután. A la muerte del compañero el animal pasó a ser de su exclusiva propiedad. Después de grandes dificultades, ocasionadas por la ferocidad de su cautivo durante el viaje de regreso, finalmente logró encerrarlo en su casa de París donde, para no atraer la desagradable curiosidad de sus vecinos, lo mantuvo cuidadosamente recluido mientras el animal sanaba de una herida en la pata producida por una astilla a bordo del barco. El marinero estaba dispuesto a venderlo, una vez curado.

Al volver de una juerga de marineros, una noche, o más bien la madrugada del crimen, nuestro hombre se encontró con que el orangután había logrado entrar en su dormitorio, después de escapar de un pequeño cuarto donde lo creía sólidamente encerrado. Navaja en mano y completamente embadurnado en jabón, el animal estaba sentado frente a un espejo e intentaba afeitarse, cosa que sin duda había visto hacer a su dueño espiándolo por el agujero de la cerradura. Aterrorizado al ver un arma tan peligrosa en manos de un animal tan feroz y capaz de usarla, durante algunos instantes el hombre no supo qué hacer. Sin embargo, como estaba acostumbrado a tranquilizar a la fiera, aun en sus momentos más salvajes con la ayuda de un látigo, pensó en volver a emplear este recurso. Pero al verlo, el orangután atravesó de un salto la puerta del cuarto, bajó la escalera y salió a la calle por una ventana que infortunadamente se encontraba abierta.

El francés lo siguió, desesperado. El mono, todavía navaja en mano se detenía ocasionalmente para mirar hacia atrás y hacerle muecas a su perseguidor, permitiéndole acercarse casi hasta alcanzarlo. Entonces volvía a correr y se alejaba. Y así continuó la cacería durante largo rato. En las calles reinaba el más profundo silencio, eran casi las tres de la mañana. Al pasar por el callejón que corre detrás de la rue Morgue, la luz que salía por la ventana abierta de la habitación del cuarto piso de la casa de madame L'Espanaye llamó la atención del fugitivo. El mono corrió hacia el edificio, vio la varilla del pararrayos, trepó por ella con increíble agilidad, aferró la persiana que estaba completamente abierta y apoyada contra la pared y saltó hacia adentro yendo a caer directamente sobre la cabecera de la cama. Todo esto ocurrió en menos de un minuto. Al saltar a la habitación, el orangután volvió a abrir la persiana con sus patas.

Mientras tanto el marinero estaba preocupado y alegre a la vez. Ahora tenía grandes esperanzas de volver a capturar a la bestia, ya que era difícil que escapara de la trampa en la que él mismo acababa de meterse, a menos que volviera a bajar por la varilla del pararrayos, en cuyo caso podría interceptarlo. Pero, por otra parte, le provocaba gran ansiedad lo que podía estar haciendo la bestia dentro de esa casa. Esa última reflexión lo indujo a seguir al fugitivo. Para un marinero trepar por la varilla de un pararrayos no es una tarea difícil, pero cuando llegó a la altura de la ventana, que estaba lejos y a su izquierda, debió detenerse. Lo único que pudo hacer fue inclinarse para observar el interior de la habitación. Al hacerlo, estuvo a punto de caer, tan grande fue el horror que lo sobrecogió. En ese preciso momento empezaron a resonar en la noche los espantosos alaridos que despertaron de su sueño a los vecinos de la rue Morgue, madame L'Espanaye y su hija, en camisón de dormir, por lo visto estaban arreglando unos papeles de la ya mencionada caja de hierro que habían transportado hasta el centro de la habitación. Estaba abierta y, a su lado, en el piso, los papeles que contenía. Las víctimas debían estar sentadas de espaldas a la ventana y, por el tiempo que transcurrió entre el ingreso de la bestia al cuarto y el comienzo de los alaridos, parece probable que no percibieron de inmediato su presencia. Con toda probabilidad supusieron que el golpeteo de la persiana era obra del viento.

Cuando el marinero miró dentro de la habitación, el gigantesco animal había agarrado a madame L'Espanaye por el pelo (que tenía suelto porque lo había estado peinando) y agitaba la navaja cerca de su cara, imitando los movimientos de un barbero. La hija yacía, postrada e inmóvil, víctima de un desmayo. Los gritos y los esfuerzos de la anciana señora (durante los que el mechón de pelo se desprendió de su cabeza) modificaron las posiblemente pacíficas intenciones del orangután, trocándolas en furia. Con movimiento decidido de su brazo musculoso, prácticamente separó la cabeza del cuerpo de la anciana. Al ver la sangre, la furia del animal se inflamó, convirtiéndose en frenesí. Rechinando los dientes y echando chispas por los ojos saltó sobre el cuerpo de la joven, le clavó las tremendas garras en el cuello y allí las retuvo hasta que la víctima expiró. En ese momento la furiosa mirada de la bestia cayó sobre la cabecera de la cama sobre la que apenas alcanzaba a vislumbrarse la cara de su amo, paralizado por el espanto. La furia del orangután, que sin duda recordaba el temido látigo, se trocó inmediatamente en miedo. Consciente de merecer un castigo, pareció deseoso de ocultar sus sangrientas hazañas y empezó a recorrer el cuarto a los saltos, presa de nerviosa agitación. En su camino echó abajo y rompió los muebles, y arrancó el colchón de la cama. Por fin, tomó el cadáver de la hija y lo introdujo en la chimenea, donde luego fue hallado; levantó después el de la anciana y lo arrojó por la ventana.

Cuando el mono se acercaba a la ventana con el cadáver mutilado, el marinero se deslizó hacia el suelo por la varilla y corrió a su casa, aterrorizado por las consecuencias de la carnicería y olvidando, en su terror, toda preocupación por la suerte del animal. Las palabras que oyó el grupo que subía la escalera fueron las exclamaciones de horror del francés, junto con los diabólicos sonidos que lanzaba la bestia.

Poco me queda por agregar. El orangután debe haber escapado de la habitación por la varilla del pararrayos, justo antes de que los vecinos echaran abajo la puerta. A su paso debió cerrar la ventana. Más tarde fue capturado por su mismo dueño, quien lo vendió al *Jardin des Plantes* por una importante suma de dinero. Lebon fue puesto en libertad en cuanto hubimos narrado todas las circunstancias del caso (con algunos comentarios por parte de Dupin) en el bureau del Prefecto de Policía. Ese funcionario, aunque muy bien dispuesto hacia mi amigo, no logró disimular por completo su fastidio ante el giro de los acontecimientos, y se permitió un par de sarcasmos acerca de la conveniencia de que cada uno se ocupara de sus propios asuntos.

–Déjelo hablar –me comentó Dupin, que no consideró necesario contestarle–. Déjelo pontificar, aliviará su conciencia. Yo me enorgullezco de haberlo derrotado en su propio terreno. Pero no me sorprende que haya fracasado en la solución de este misterio, porque en verdad, nuestro amigo el Prefecto es demasiado astuto para ser profundo. No hay *fibra* en su sabiduría. Es todo cabeza y nada de cuerpo, como en las imágenes de la diosa Laverna o, a lo sumo, todo cabeza y lomos, como un bacalao. Pero después de todo, es un buen hombre. Lo aprecio principalmente por ese lenguaje peculiar que le ha dado fama de ingenio. Me refiero a su manera *de nier ce qui est, et d'expliquer ce qui n'est pas.*[2]

2. «Rousseau, Nouvelle Héloïse» (Poe). Alude a la manera «de negar lo que es y explicar lo que no es» *(N. de la T.)*

LA MÁSCARA DE LA MUERTE ROJA

Durante mucho tiempo, «La Muerte Roja» había devastado el país. Jamás una peste había sido hasta tal punto fatal y espantosa. Su encarnación era su sangre y su sello: Empezaba con dolores agudos, un vértigo repentino y, enseguida, comenzaban a sangrar los poros hasta que sobrevenía la muerte. Las manchas escarlatas sobre el cuerpo y, en particular, sobre la cara de la víctima, era el estandarte de la peste y la aislaba de toda simpatía y de toda ayuda ajena. Y toda la dimensión, progreso y fin de la enfermedad se cumplían en media hora.

Pero el príncipe Próspero era feliz, osado y sagaz. Cuando la mitad de sus dominios quedó despoblada, convocó ante él a mil amigos, fornidos y desaprensivos, elegidos entre los caballeros y damas de su corte. Y con ellos se retiró al seguro encierro de sus fortificadas abadías. Se trataba de una amplia y magnífica construcción creada por el excéntrico y no obstante, majestuoso gusto del príncipe. Una muralla alta y sólida con portales de hierro, la circundaba. En cuanto hubieron entrado, los cortesanos trajeron fraguas y pesados martillos y soldaron los cerrojos. Habían decidido no dejar ninguna vía de ingreso o de salida a los repentinos impulsos de desesperación o frenesí que pudieran surgir de adentro. La abadía estaba ampliamente provista. Con tales precauciones, los cortesanos podían desafiar el contagio. Que el mundo exterior se las arreglara por sí mismo; mientras tanto, era una locura afligirse o pensar. El Príncipe había reunido todo lo necesario para el placer. Había bufones, improvisadores, bailarines de ballet, había músicos, había belleza, había vino. Todo eso y la seguridad quedaban dentro. Afuera, estaba «La Muerte Roja».

Al cumplirse el quinto o sexto mes de reclusión y cuando mayores eran los estragos de la peste, el príncipe Próspero ofreció a sus mil amigos un baile de máscaras de la más insólita magnificencia.

Montó una voluptuosa mascarada. Pero, permitidme que antes hable de los cuartos donde se celebraba. Eran siete –una serie de salones imperiales–. En muchos palacios, tales aposentos forman una larga y recta galería, ya que las dobles puertas se abren hasta adherirse a las paredes, para permitir que la vista alcance la totalidad de la galería. Aquí, el caso era distinto, como podía esperarse del amor del duque por lo *extraño*. Las salas estaban dispuestas con tal irregularidad que los ojos no podían abarcar más de una a la vez. Había un brusco recodo cada veinte o treinta yardas, y cada uno de ellos viraba hacia un nuevo efecto. A derecha e izquierda, en medio de cada pared, una ventana gótica, alta y estrecha, miraba a un corredor cerrado que seguía el contorno de la serie de salones. Las ventanas estaban hechas de vitrales cuyo color variaba de acuerdo con el tono que prevalecía en la decoración del aposento. Es decir, que si la cámara de la extremidad oriental estaba adornada con tapices azules, también vívidamente azules eran sus ventanas. El segundo cuarto mostraba ornamentos y tapices púrpuras, entonces, también los vitrales eran púrpura. La tercera era totalmente verde y así sus cristales. La cuarta había sido decorada e iluminada con un tono naranja; la quinta era blanca, la sexta violeta. El séptimo aposento se mostraba totalmente cubierto de colgaduras de terciopelo negro, que caían del techo y de las paredes en pesados pliegues sobre una alfombra del mismo tono y material. Pero sólo en esta cámara, el color de las ventanas no se correspondía con la decoración. Los cristales eran, aquí, escarlatas, ostentaban un profundo color sangre.

En aquellas siete estancias, a pesar de los ornamentos profusos de oro que aparecían por todas partes o colgaban de los techos, no había arañas ni velas. No estaban iluminadas con bujías o candelabros. Pero, en los corredores que circundaban cada aposento, se levantaban sólidos trípodes que sostenían un brasero ígneo, cuyos rayos al proyectarse a través de los cristales pintados, iluminaban con brillantez cada espacio. Producían en esa forma multitud de resplandores vivaces y fantásticos. Pero en la cámara del oeste, la cámara negra, el fuego que, a través de los cristales color sangre, se derramaba entre las sombrías colgaduras, producía un efecto tan siniestro y confería una coloración tan extraña a los rostros de quienes penetraban en ella, que pocos eran lo bastante audaces como para poner los pies en el recinto.

Contra la pared oeste, además, había un imponente reloj de ébano. Su péndulo se balanceaba con un sonido sordo, pesado, monótono; y cuando el minutero había cumplido su circuito y la hora iba a sonar, de los pulmones de bronce del reloj, nacía un tañido claro y resonante, lleno de música, pero su tono y énfasis eran tales, que a cada hora, los músicos de la orquesta se veían obligados a detener momentáneamente su ejecución. Y las parejas danzantes interrumpían a la fuerza sus giros. Durante un momento, en aquella alegre sociedad reinaba el desconcierto, y mientras aún resonaban los tañidos del reloj, se observaba que los más atolondrados empalidecían y que los mayores, más serenos, se pasaban la mano por la frente como si se entregaran a un ensueño o a una confusa meditación. Pero ni bien los ecos se extinguían del todo, risas ligeras nacían en la reunión; los músicos se miraban entre sí como sonriendo ante su insensata nerviosidad, mientras se murmuraban promesas uno al otro, de que el siguiente tañido del reloj no suscitaría en ellos una emoción parecida; más al cabo de sesenta minutos (que abarcan tres mil seiscientos segundos del Tiempo que vuela) ocurría el mismo temblor, el mismo desconcierto y la misma meditación.

A pesar de ello, la fiesta era alegre y magnífica. Los gustos del Príncipe eran singulares. Sus ojos se mostraban especialmente sensibles a los colores y los efectos. Desdeñaba los meros caprichos de la moda; sus planes eran osados y vehementes y sus concepciones brillaban con bárbaro esplendor. Algunos pudieron haberlo creído loco. Sus seguidores sabían que no era así. Era necesario oírlo, verlo, tocarlo para asegurarse de que no lo estaba.

El Príncipe, en gran medida, se había preocupado personalmente de la decoración de las siete salas destinadas a la gran fiesta, y su gusto había guiado la elección de los disfraces. Ciertamente, eran grotescos.

Había mucho de brillo, de esplendor, de picardía y de fantasmagoría –mucho de lo que después habría de verse en *Hernani*–. Se veían figuras de arabesco, con siluetas y atuendos impropios; veíanse fantasías delirantes como las que gustan a los maníacos. Abundaba lo bello, lo extraño, lo licencioso y no faltaba lo terrible ni lo repelente. En suma, en aquellas siete cámaras se movían de un lado a otro una multitud de sueños. Y aquellos sueños se contorsionaban en todas partes, tiñéndose con distintos colores al pasar por los aposentos y haciendo que la extraña música de la orquesta sonara como el eco de sus pasos.

Pero otra vez tañe el reloj, que se alza en el aposento de terciopelo. Y así, por un momento, todo queda inmóvil, todo es silencio excepto la voz del reloj. Los sueños quedan helados, rígidos en sus posturas. Pero los ecos del tañido se apagan –apenas han durado un instante– y una risa ligera, sofocada a medias, flota entre ellos a medida que huyen. Y, ahora, otra vez crece la música, viven los sueños contorsionándose de aquí para allá con más alegría que nunca, tiñéndose ante las ventanas multicolores por las que irrumpen los rayos de los trípodes. Pero a la cámara que da al oeste, ninguna máscara se aventura porque la noche avanza y una luz más roja se filtra por los cristales color sangre; y es aterradora la tiniebla de las colgaduras negras, y para aquel cuyos pies se posen en la negra alfombra, brota del reloj de ébano un sonido ahogado mucho más enfático y solemne que los que alcanzaron a oír las máscaras entregadas a la lejana alegría de los otros aposentos.

Una densa multitud se congregaba en ellos, donde latía afiebradamente el corazón de la vida. Seguía la fiesta en su torbellino hasta el momento en que empezaron a oírse los tañidos del reloj, que anunciaban la medianoche. Y cesó entonces la música, como ya he dicho, y las vueltas de los que bailaban se interrumpieron; y como antes, con angustia todo se detuvo. Pero esta vez sonarían en el reloj doce campanadas y, quizá por eso, ocurrió que todos los pensamientos irrumpieran más largamente en la mente de aquellos que reflexionaban entre la multitud entregada a la algarabía. Y quizás también por ello, ocurrió que antes de que los últimos ecos del carillón se hubieran hundido, muchos de los asistentes tuvieron tiempo de advertir la presencia de una figura enmascarada, que hasta entonces no había llamado la atención. Y en un murmullo corrió la noticia de esa nueva presencia y se elevó al final un rumor que expresaba desaprobación, sorpresa y, por fin, espanto, repugnancia y horror.

En una reunión de fantasmas como la que he pintado, puede bien suponerse que ninguna apariencia común habría de suscitar tal sensación. A decir verdad, lo licencioso de aquella mascarada nocturna era casi ilimitado, pero la figura en cuestión sobrepasaba con creces y llegaba más allá de lo que aún el príncipe Próspero admitiría como decoroso. Aun en el corazón de los más audaces, hay cuerdas que no pueden tocarse sin emoción. Hasta en los más degradados, para quienes la vida y la muerte son tan sólo bromas semejantes, hay asuntos sobre los que no cabe broma alguna. Toda la concurrencia, por cierto, parecía sentir en lo más hondo de sí que la apariencia e indumentaria del desconocido, no eran ingeniosas ni adecuadas. La figura era alta y magra, y estaba envuelta de la cabeza a los pies, en un sudario. La máscara que ocultaba el rostro, estaba hecha de modo que se pareciera en tal forma al semblante de un cadáver, que la exploración más minuciosa hubiera tropezado con dificultades para descubrir la trampa. Aun todo esto hubiera sido tolerado, sino aprobado por esos locos huéspedes, pero el enmascarado se había atrevido a asumir la apariencia de La Muerte Roja. Sus vestiduras estaban salpicadas de sangre y su ancha frente, así como todos sus rasgos se veían manchados por el horror escarlata.

Cuando la mirada del Príncipe cayó sobre la espectral imagen (la que, con un movimiento lento y solemne, como para sustentar plenamente su rol, se paseaba de aquí para allá entre los bailarines) pareció convulsionarse, estremecido por el terror o por el disgusto, pero enseguida, su frente enrojeció de ira.

«¿Quién se atreve –preguntó con voz ronca a los cortesanos que lo rodeaban– quién se atreve a insultarnos con esta burla blasfema? Préndanlo y desenmascárenlo, así sabremos a quién deberemos colgar a la salida del sol en las almenas!»

Estaba el Príncipe en el cuarto del este –el cuarto azul– cuando pronunció estas palabras. Su voz se oyó, sonora y clara, a través de las siete cámaras. Pues el Príncipe era un hombre atrevido y robusto y la música se había silenciado ante una señal de su mano.

Estaba de pie en el cuarto azul, rodeado por un grupo de pálidos cortesanos. Al principio, mientras hablaba, hubo un rápido y leve movimiento del grupo hacia el intruso, quien en ese momento, estaba muy próximo y, ahora, con pasos lentos y deliberados se acercaba al Príncipe. Pero a causa del indescriptible pavor que la apariencia insana del enmascarado había inspirado en los asistentes, nadie hizo un gesto para detenerlo; y casi sin obstáculos pasó a menos de un metro de la persona del Príncipe; y mientras la vasta concurrencia, en un solo impulso, retrocedía desde el centro de las cámaras hacia las paredes, él siguió su camino, pero con el mismo paso medido y solemne que lo había distinguido desde el comienzo y atravesó la cámara azul en dirección a la de color púrpura. De la púrpura pasó a la verde y de la verde, a la anaranjada y de ésta otra vez a la blanca y de allí a la de color violeta sin que nadie se hubiera atrevido a detenerlo. Pero entonces, el príncipe Próspero, enloquecido de rabia y de vergüenza ante su momentánea cobardía, se lanzó a la carrera a través de las cámaras sin que nadie lo siguiera, a causa del terror mortal que paralizaba a todos. Daga en mano, se acercó impetuosamente a dos o tres metros de la figura que se alejaba cuando ésta, al alcanzar el extremo del aposento de terciopelo, se volvió de pronto y enfrentó a su perseguidor. Se oyó un grito y la daga resplandeciente cayó sobre la alfombra negra mientras el príncipe Próspero se desplomaba muerto. Entonces, impulsados por el terrible coraje de la desesperación, un grupo de convidados se abalanzó al aposento negro para capturar al enmascarado, cuya alta figura se erguía inmóvil en la sombra del ébano. Pero los integrantes del grupo retrocedieron con inenarrable horror al descubrir que el sudario y la máscara cadavérica, que con tanta violencia habían sacudido, no encerraban ninguna forma tangible.

Y entonces, reconocieron la presencia de La Muerte Roja. Había venido como un ladrón en la noche. Y uno por uno fueron cayendo los invitados en las salas de la algarabía, ahora manchadas de sangre... Y cada uno moría en la desesperada actitud de su caída. Y la vida del reloj de ébano se extinguió con el último de aquellos seres. Y las llamas de los trípodes expiraron y la oscuridad y la ruina y La Muerte Roja lo dominaron todo.

ÍNDICE

COLECCIÓN CLÁSICOS UNIVERSALES

Títulos publicados

1.	Anónimo	*Vida de Lazarillo de Tormes*
2.	Federico García Lorca	*Romancero gitano*
3.	Franz Kafka	*La metamorfosis*
4.	William Shakespeare	*Romeo y Julieta*
5.	Pablo Neruda	*20 poemas de amor y una canción desesperada*
6.	Fernando de Rojas	*La Celestina*
7.	J.L. Borges, A. Bioy Casares	*Crónicas de Bustos Domecq*
8.	Antonio Machado	*Poesías*
9.	Gustavo Adolfo Bécquer	*Leyendas*
10.	Lope de Vega	*Fuenteovejuna*
11.	Charles Baudelaire	*Las flores del mal*
12.	Arthur Miller	*La muerte de un viajante*
13.	Don Juan Manuel	*El Conde Lucanor*
14.	Rosalía de Castro	*Antología poética*
15.	Miguel de Cervantes	*Novelas ejemplares I*
16.	Miguel de Cervantes	*Novelas ejemplares II*
17.	Rubén Darío	*Antología poética*
18.	José Zorrilla	*Don Juan Tenorio*
19.	Anónimo	*Amadís de Gaula*
20.	Federico García Lorca	*Poeta en Nueva York*
21.	Oscar Wilde	*El retrato de Dorian Gray*
22.	Pablo Neruda	*Antología esencial*
23.	Miguel Hernández	*Antología*
24.	Molière	*Tartufo*
25.	Lope de Vega	*Peribáñez y el Comendador de Ocaña. El mejor alcalde, el Rey*
26.	Nicolás Maquiavelo	*El príncipe*
27.	León Felipe	*Antología rota*
28.	Federico García Lorca	*La casa de Bernarda Alba*
29.	Jorge Manrique	*Coplas a la muerte de su padre y otros poemas*
30.	Walt Whitman	*Canto a mí mismo*

31.	René Descartes	*Discurso del método*
32.	Autores varios	*Poesía romántica española*
33.	Federico García Lorca	*Bodas de sangre*
34.	Miguel Hernández	*Cancionero y romancero de ausencias*
35.	L. Fernández de Moratín	*El sí de las niñas*
36.	José M.ª Arguedas	*Los ríos profundos*
37.	Miguel Hernández	*El rayo que no cesa*
38.	G. Keith Chesterton	*El hombre que fue Jueves*
39.	J. L. Borges, A. Bioy Casares	*Cuentos breves y extraordinarios*
40.	Lope de Vega	*Poesías*
41.	Rafael Alberti	*Antología poética*
42.	Eurípides	*Las troyanas*
43.	Federico García Lorca	*Así que pasen cinco años. Cinco farsas breves*
44.	Arthur Schnitzler	*La señorita Elsa*
45.	César Vallejo	*Trilce*
46.	Vicente Aleixandre	*Poemas amorosos*
47.	Henry James	*Los papeles de Aspern*
48.	Pedro Salinas	*La voz a ti debida*
49.	William Shakespeare	*El mercader de Venecia. La tempestad*
50.	Federico García Lorca	*Antología poética*
51.	Sófocles	*Edipo rey. Antígona*
52.	Pablo Neruda	*Cien sonetos de amor*
53.	Tennessee Williams	*Un tranvía llamado Deseo. Lo que no se dice. Súbitamente el último verano*
54.	Benito Pérez Galdós	*Trafalgar*
55.	José Martí	*Vibra el aire y retumba*
56.	Robert Louis Stevenson	*El Dr. Jekyll y Mr. Hyde*
57.	Rafael Alberti	*Marinero en tierra*
58.	Autores varios	*Antología del cuento universal I*
59.	Autores varios	*Antología del cuento universal II*
60.	Pedro Salinas	*Razón de amor*
61.	Antón Chéjov	*La gaviota. Las tres hermanas. El tío Vania*
62.	Rainer Maria Rilke	*Los cuadernos de Malte Laurids Brigge*
63.	Tennessee Williams	*El zoo de cristal*
64.	Oscar Wilde	*El fantasma de Canterville y otros cuentos*
65.	Rafael Alberti	*Baladas y canciones del Paraná*
66.	William Shakespeare	*Hamlet*

67.	Juan Valera	*Pepita Jiménez*
68.	Autores varios	*Historiadores de Indias I*
69.	Autores varios	*Historiadores de Indias II*
70.	Anónimo	*Poema del Cid*
71.	Edgar Allan Poe	*La caída de la casa Usher y otros cuentos*
72.	William Shakespeare	*Otelo*

En preparación

73.	Garcilaso de la Vega	*Poesías*
74.	Mark Twain	*Las aventuras de Tom Sawyer*